GW01281571

LES PETITES ROBES NOIRES

Née en 1941 à Sydney et décédée à Londres en 2006, Madeleine St John est l'auteure de quatre romans. Republiés après sa mort, ces romans l'ont imposée comme une figure majeure de la littérature australienne. *Les Petites Robes noires*, son premier roman, a été adapté au cinéma par Bruce Beresford en 2018.

MADELEINE ST JOHN

Les Petites Robes noires

ROMAN TRADUIT DE L'ANGLAIS (AUSTRALIE)
PAR SABINE PORTE

ALBIN MICHEL

Titre original :

THE WOMEN IN BLACK

ISBN : 978-2-253-93476-9 – 1re publication LGF

Ce livre est dédié
à la mémoire de M. & Mme J. M. Cargher

1

À la fin d'une chaude journée de novembre, Miss Baines et Mrs Williams du rayon Robes de Goode's se plaignaient en enlevant leur robe noire pour se changer avant de rentrer chez elles.

« Mr Ryder n'est pas si méchant que ça, disait Miss Baines en parlant du chef de rayon ; c'est Miss Cartright qui est une enquiquineuse, si vous me passez l'expression. »

Miss Cartright était l'acheteuse et elle ne leur laissait jamais une minute de répit.

Mrs Williams haussa les épaules et entreprit de se poudrer le nez.

« À cette époque de l'année, elle est pire que jamais, souligna-t-elle. Elle veut être sûre que nous avons bien mérité notre prime de Noël.

— Comme si on y pouvait quelque chose ! renchérit Miss Baines. Nous ne savons plus où donner de la tête ! »

C'était exact : on n'était plus qu'à six semaines des fêtes, le flot des clients grossissait, les robes commençaient à disparaître des portants dans un tourbillon de plus en plus effréné et, ce soir-là, en lavant ses dessous dans le lavabo, Mrs Williams eut soudain l'impression que sa vie s'en allait avec l'eau de rinçage qui se vidait en gargouillant par la bonde ; mais elle se ressaisit et continua à vaquer à ses tâches ménagères alors que, dehors, la nuit de l'été austral palpitait tout autour d'elle.

Mrs Williams, Patty, et Miss Baines, Fay, travaillaient avec Miss Jacobs aux Robes de Cocktail, juste à côté des Robes du Soir, tout au fond du deuxième étage du grand magasin Goode's de Sydney. F.G. Goode, un homme futé originaire de Manchester, avait ouvert son premier magasin (Confection pour Dames et Messieurs – Toute la Dernière Mode Londonienne) à la fin du siècle dernier et n'avait jamais eu à le regretter, car les gens des colonies, avait-il compris d'emblée, étaient prêts à dépenser presque tout ce qu'ils possédaient pour se convaincre qu'ils étaient à la mode. Ses petits-enfants étaient donc désormais les principaux actionnaires d'une entreprise qui rapportait plusieurs millions de livres australiennes chaque année en vendant la dernière mode londonienne et toutes les modes d'ailleurs qui semblaient prometteuses. En ce moment, la mode italienne était en vogue. « Je l'ai eue chez Goode's », disait la légende de l'insupportable illustration d'une femme à l'air hautain qui se pavanait dans une robe affreusement élégante sous le regard mêlé d'envie et de désespoir de son amie – si la robe et la pose changeaient au fil des années, la réclame figurait toujours en bas à gauche de la page féminine du *Herald* : l'espace devait être réservé à perpétuité, et en ville le slogan était depuis longtemps sur toutes les lèvres. Goode's avait su se maintenir en tête grâce à l'extraordinaire culte que l'enseigne vouait à la mode. Le magasin envoyait les acheteurs talentueux se former dans les grands magasins de Londres et de New York. Quand les nouvelles collections arrivaient, deux fois par an, le personnel faisait des heures supplémentaires pour les étiqueter et les mettre en rayon tout en s'extasiant.

« Il a beau être affiché à 9 livres 17 shillings et 6 pence, disait Miss Cartright, ce modèle s'envolera en deux semaines – moi je vous le dis ! »

Et cela ne manquait pas.

2

Mrs Williams était une petite femme toute menue, blonde comme les blés, avec un visage fatigué et une indéfrisable cartonnée. Frank, son mari, était un con, naturellement. Il l'avait épousée alors qu'elle n'avait que vingt et un ans et que lui était un robuste gaillard de vingt-six ans ; pour quelle raison ils n'avaient pas procréé, mystère, mais il y avait maintenant dix ans de cela et elle travaillait toujours, bien que la maison soit entièrement meublée, et même meublée à outrance, et qu'ils n'aient pas particulièrement besoin de son salaire qu'elle épargnait à la Bank of South Wales, faute de savoir quoi en faire, car Frank continuait à lui donner l'argent du ménage qu'elle mettait un point d'honneur à dépenser jusqu'au dernier penny, achetant des quantités de rumstecks quand d'autres dans sa situation se seraient contentées de hachis et de saucisses – Frank aimait les steaks. Elle rentrait de chez Goode's vers dix-huit heures et sortait le steak du réfrigérateur. Elle préparait les légumes et mettait la table. Juste avant dix-neuf heures, Frank arrivait, légèrement éméché : « Hourra ! » lançait-il en se dirigeant vers la salle de bains. Il se lavait énergiquement et, quand il entrait à pas lourds dans la cuisine-salle à manger, le steak grésillait dans la poêle.

« Qu'est-ce qu'il y a pour le dîner ? demandait-il.

— Du steak, disait-elle.

— Encore du steak », disait-il.

Chaque fois qu'elle essayait de lui donner autre chose, même des côtelettes d'agneau (« Il n'y a rien à manger là-dessus », disait-il en brandissant un os), il se plaignait. Mrs Williams n'en avait que faire ; elle avait perdu l'appétit depuis des années. Le week-end, elle rendait visite à sa mère ou à une de ses sœurs ; Frank la déposait en voiture et venait la chercher et, pendant qu'elle « piapiatait à n'en plus finir », il allait jouer au golf au club de Kingsford ou boire au pub. C'était un con standard, ni cruel ni violent, tout juste insensible et incapable d'aligner deux mots.

En réalité, Patty avait consulté un médecin au sujet de son infécondité, et celui-ci lui avait assuré que son équipement était en parfait état de fonctionnement.

« Évidemment, nous ne pouvons pas creuser véritablement la question sans voir votre mari. Le défaut vient peut-être de là ; en fait, c'est probable. Il se peut même qu'il soit stérile.

— Oh là là, dit Patty. Je ne pense pas qu'il viendra. »

Elle ne pouvait même pas aborder le sujet avec lui.

« À quelle fréquence avez-vous des rapports sexuels ? demanda le médecin.

— Oh, dit Patty, pas si souvent que ça. Il se fatigue vite. »

Le fait est que les attentions de Frank étaient sporadiques. Le médecin considéra sa patiente non sans désolation. Quel dommage. Voilà une femme largement en âge de procréer qui n'avait pas de bébé à nourrir : c'était une aberration. Elle avait perdu son éclat et n'était plus guère susceptible d'attirer un autre homme qui puisse faire le nécessaire ; si son mari ne se montrait pas à la hauteur, sa vie serait donc gâchée. C'était dommage, vraiment dommage.

« En ce cas, dit-il, ne baissez pas les bras. La conception est une affaire délicate. Optimisez les chances autant que possible ; vous avez encore tout le temps. »

À l'époque de cette conversation, elle avait trente ans et, lorsqu'elle sortit du cabinet, le médecin la contempla nonchalamment de dos en se disant qu'elle ne serait pas mal avec une nouvelle coiffure, un peu de maquillage et une nuisette noire ; mais le mari ne s'en rendrait probablement pas compte, ce con – et le médecin voyait sans doute juste. Frank travaillait au service commercial de la grande fabrique de tuiles dont les articles multicolores s'étalaient alors de façon si tentante le long de Parramatta Road ; il buvait avec ses copains tous les soirs après le travail avant de rentrer chez lui retrouver Patty et sa demi-livre de rumsteck. Une fois le repas terminé, il regardait Patty faire la vaisselle et quelques images à la télévision, qui était encore une nouveauté au Commonwealth d'Australie, puis se traînait pesamment jusqu'au lit – « Je vais me coucher » – où Patty – « Bien, chéri » – le suivait. Elle s'allongeait à côté de lui dans sa chemise de nuit de nylon bleu, et bientôt elle l'entendait ronfler.

La chambre d'enfant vide, peinte en jaune primevère pour parer à l'une ou l'autre éventualité, attendait vainement son petit occupant et, cette année comme toutes les années précédentes, Patty continuait à travailler dans un état de désespoir involontaire et inconscient en attendant de tomber enceinte.

«Je ne comprends pas, vraiment, je ne comprends pas, dit sa mère, Mrs Crown, non à Patty mais à Joy, la sœur de celle-ci.

— À mon avis, Frank n'est pas capable de grand-chose, dit Joy d'un air sombre.

— Allons donc, dit sa mère. C'est un beau garçon robuste.

— Le physique ne suffit pas, dit Joy.

— Je ne comprends pas, vraiment, je ne comprends pas.

— Ce ne sont pas tes affaires», dit Joy.

Joy était plus jeune que Patty et elle avait déjà deux enfants; Patty était la cadette; leur sœur aînée, Dawn, en avait trois. La capacité de reproduction des Crown n'était manifestement pas en cause. Joy pensait que Patty n'aurait jamais dû épouser Frank. En même temps, quand elle voulait un article de luxe, une robe du soir, par exemple, Patty lui obtenait la remise du personnel chez Goode's en prétendant qu'elle lui était destinée, ce qui n'était de toute évidence pas le cas, car c'était un 38 alors que Patty faisait du 36, mais personne ne s'en rendait compte.

3

Patty et Fay ainsi que Miss Jacobs (dont le prénom restait secret) arrivaient toutes à l'Entrée du Personnel à neuf heures moins vingt le matin, comme il se devait, si ce n'est que de temps à autre Fay était en retard, ce qui se voyait – elle était stressée et dépenaillée. Elles montaient au dernier étage du bâtiment (Personnel et Administration) par l'Ascenseur du Personnel et allaient au Vestiaire du Personnel (après la Comptabilité) enfiler leurs robes noires, qui étaient suspendues dans leurs casiers, là où elles les avaient laissées la veille.

Lesdites robes noires étaient portées durant la semaine, nettoyées à sec par Goode's pendant le week-end, pour être prêtes à recommencer une nouvelle semaine de travail le lundi matin, et elles avaient une drôle d'odeur. Celle-ci n'était pas déplaisante, mais curieuse – vestige des fréquents nettoyages à sec mêlé aux relents de talc bon marché et de transpiration. Toutes les vendeuses de Goode's sentaient cette même odeur quand elles portaient leur robe noire.

Ces tenues, fournies par Goode's qui en restait propriétaire, étaient destinées à flatter les silhouettes les plus enveloppées comme les plus minces et ne mettaient en réalité en valeur ni les unes ni les autres ; d'un autre côté, les vendeuses de Goode's n'étaient pas là pour décorer le magasin mais pour vendre ses articles. Toutes les vendeuses enfilaient donc leur robe noire avec un soupir résigné en tirant désespérément ici et là pour l'ajuster devant le miroir en pied. Les robes étaient confectionnées en crêpe de rayonne plus ou moins dans le style de la fin des années trente, qui avait été retenu pour sa ligne élégante qui ne nécessitait que peu de tissu.

La robe de Patty Williams était un 36, comme nous le savons, alors que Fay Baines faisait du 38 et Miss Jacobs un vrai 46, en particulier au niveau de la poitrine. Sa taille et son apparence étaient à peu près les seules choses que l'on savait de Miss Jacobs : tout le reste était un mystère.

« Cette Miss Jacobs est un vrai mystère », dit Fay à son amie Myra alors qu'elle buvait un café glacé chez Repin's.

Même Miss Cartright trouvait un moment de temps à autre pour s'interroger sur Miss Jacobs, qui n'avait jamais manqué un seul jour, que ce soit pour cause de maladie ou pour une quelconque mésaventure. Qui était-elle, où habitait-elle, où mangeait-elle, où dormait-elle, quelle était sa vie en dehors des heures d'ouverture de Goode's ? Personne n'en avait la moindre idée, si ce n'est le Service Paie qui connaissait son adresse mais se serait refusé à divulguer cette information si d'aventure quelqu'un avait songé à le lui demander, ce qui n'était jamais arrivé. Miss Jacobs repartait de Goode's tous les soirs, vêtue de la jupe et du chemisier (et, en hiver, de la veste et du manteau) qu'elle portait en arrivant, chargée d'un grand filet à provisions contenant un ou deux paquets emballés dans du papier. Qu'y avait-il dans ces paquets, par exemple ? Personne ne le savait. Elle descendait Castlereagh Street en direction de Circular Quay : ce qui pouvait signifier toutes sortes d'endroits, de Hunter's Hill (peu probable) à Manly (possible).

La corpulente Miss Jacobs était une femme d'âge mûr avec le teint olivâtre et de maigres cheveux gris foncé noués en un petit chignon à l'ancienne à l'arrière de sa grosse tête ronde. Elle portait des lunettes à monture métallique et un mouchoir blanc immaculé glissé en permanence dans son décolleté. Elle avait des chaussures noires à lacets et talons quilles et une démarche lourdaude qui faisait peine à voir. Mr Ryder l'avait rattrapée un soir dans Pitt Street et avait voulu faire un bout de chemin avec elle par amabilité, mais, que ce soit ou non par nécessité, elle lui avait brûlé la politesse au premier croisement pour bifurquer dans Martin Place en marmonnant vaguement qu'elle devait aller à la gare de Wynyard, mais Mr Ryder s'était dit qu'elle lui racontait des craques, car c'était là qu'il prenait son train et il ne l'avait jamais vue dans les parages.

Non seulement Miss Jacobs travaillait chez Goode's depuis plus longtemps que Mrs Williams (qui avait commencé après le lycée au rayon Enfant avant d'être transférée aux Dames quatre ans auparavant), mais elle jouait également un rôle essentiel aux Robes de Cocktail, car elle était chargée des retouches, ce qui se devinait au long mètre ruban qu'elle avait toujours autour du cou, pour les clientes qui voulaient que l'on ajuste l'ourlet ou même les coutures. La vendeuse qui s'occupait de la cliente en question sortait de la cabine d'essayage en disant: «Miss Jacobs, Miss Jacobs, s'il vous plaît? Il y a une retouche par ici quand vous aurez une minute!» et Miss Jacobs levait les yeux de l'ourlet qu'elle marquait dans une autre cabine et répondait entre les épingles qu'elle avait à la bouche: «Chaque chose en son temps, je n'ai que deux mains. Et deux jambes, d'ailleurs.» Sur ce, la dame qu'elle épinglait souriait ou gloussait en compatissant, si l'on peut dire. Quand la robe était épinglée, elle était envoyée au septième étage pour être reprise par une des retoucheuses, et, une fois terminée (elle devait parfois attendre son tour quelques jours), elle était livrée comme bon nombre d'articles de Goode's («Faites-le-moi porter, je vous prie») dans une de leurs célèbres camionnettes bleu et jaune qui sillonnaient les banlieues huppées de Sydney:

F.G. Goode's
Au service des habitants de Sydney depuis 1895

Miss Jacobs était au service des habitants, ou du moins des habitantes de Sydney, avant même que la guerre n'éclate – cet âge d'or légendaire, pour ne pas dire fabuleux. Elle avait commencé aux Gants et Bonneterie, puis elle était passée aux Robes de Jour (où elle avait appris à se charger des retouches) avant de descendre aux Vêtements de Sports et de Loisirs pour Dames, mais elle n'appréciait guère le style de ce rayon et c'était avec plaisir qu'elle était retournée au deuxième étage lorsqu'une place s'était libérée aux Robes de Cocktail, où elle officiait depuis le New Look, mètre ruban au cou et boîte d'épingles à portée de main.

4

Fay Baines devait bien avoir vingt-neuf ans, Patty Williams se demandait même si elle n'en avait pas plutôt trente, et ce n'était pas sa seule interrogation. Alors que Patty pouvait parler de Frank, bien qu'il n'y ait presque rien à dire (« Dimanche, Frank a joué au golf »), ou de sa maison (« Je vais faire faire des housses de canapé », « Je voudrais changer d'aspirateur »), ou encore de sa mère (« C'est l'anniversaire de maman vendredi ; nous y allons tous dimanche ») ou de ses sœurs (« Dawn… Joy… »), Fay Baines quant à elle ne parlait que des hommes.

C'était une manie, chez elle : et celui-ci, et celui-là, et elle était allée ici, et elle était allée là ou ailleurs encore, avec Untel ou Untel. Y avait-il le moindre indice qui puisse laisser à penser que l'un d'eux avait l'intention de l'épouser ? Des clous. Patty se demandait parfois si Untel ou Untel, sans parler de Tel Autre ou Tel Autre encore, existaient réellement. Après tout, la demoiselle devait bien avoir trente ans.

Quoi qu'il en soit, ce n'était pas vraiment idéal, quand on y songeait, car Fay vivait toute seule dans un petit appartement, du côté de Bondi Junction apparemment ; et elle n'avait donc personne, une mère, par exemple, pour veiller au grain et s'assurer qu'elle n'aille pas trop loin, ce qui risquait fort d'arriver de l'avis de Patty, car elle devait bien avoir trente et un ans ou du moins elle n'était plus toute jeune et, naturellement, elle était aux abois – qui ne le serait pas à sa place ? –, enfin, toujours est-il que les hommes profitaient de la situation, vu qu'il n'y avait qu'une chose qui les intéressait ; sauf Frank, évidemment.

Patty fit part de ces cogitations à Joy, Dawn et sa mère, en omettant sa réserve à propos de Frank, et toutes acquiescèrent en mangeant du *sponge cake* à la table de la cuisine pendant que les enfants couraient dans le petit jardin de Mrs Crown, si tant est que l'on puisse qualifier ainsi un rectangle de chiendent et un eucalyptus anémique à côté d'un vieux clapier vide.

« Elle devrait partager un appartement digne de ce nom avec d'autres filles, dit Mrs Crown, comme Dawn, avant son mariage.

— Ce n'est sûrement pas grâce à toi, maman », rétorqua Dawn, non sans virulence.

Cette volonté d'indépendance avait donné lieu à une dispute effroyable : le jour où Dawn avait annoncé qu'elle quittait le toit familial pour prendre un appartement avec deux amies, Mrs Crown l'avait accusée de vils désirs et d'intentions pernicieuses alors qu'elle voulait simplement un peu d'intimité. Elle en avait fait, des histoires ! Et voilà qu'elle en parlait comme de la chose la plus naturelle au monde. On la reconnaissait bien là !

« Que veux-tu, dit Mrs Crown en se resservant une part de gâteau, les temps changent.

— Non, répliqua Joy de son ton agaçant, ce sont les gens qui changent.

— En tout cas, dit Patty, si elle tient à sa réputation, Fay Baines devrait partager un appartement au lieu de vivre seule. C'est mon avis. Vous imaginez un peu, une fille qui vit seule comme ça, ce que les hommes peuvent penser ? »

Les quatre femmes réfléchirent un moment, imaginant très exactement ce que les hommes pouvaient penser.

Fay Baines, n'en déplaise à Patty Williams, avait en réalité vingt-huit ans et faisait un 38 qui tirait vers le 40 si elle ne surveillait pas sa ligne, et, tandis que Mrs Crown et ses trois filles se livraient à leurs spéculations déplacées tout en mangeant du gâteau, elle pleurait au creux d'un petit mouchoir blanc, assise dans un fauteuil. Il faisait partie d'un lot de quatre qui lui avaient été offerts par l'un de ses admirateurs, pliés dans un coffret plat en carton doré.

Quand elle ne pleurait pas, c'était une jolie fille avec des cheveux bruns ondulés et de grands yeux marron innocents, qui avait un faible pour les cosmétiques qu'elle appliquait généreusement, surtout quand elle sortait.

« Vous êtes à croquer », lui avait dit Fred Fisher, la première fois qu'il était venu la chercher.

Quand ils étaient rentrés, il avait effectivement entrepris de la croquer ou du moins c'était tout comme, et elle avait eu toutes les peines du monde à le repousser. Sur ce, il lui avait lancé une insulte ignoble puis il était parti, furieux. Ce type de mésaventures arrivait souvent à Fay qui, visiblement, ne rencontrait jamais le genre d'homme dont elle rêvait : quelqu'un qui la respecterait autant qu'il la désirerait ; quelqu'un qui l'aimerait et voudrait l'épouser.

Pour une raison ou pour une autre, la vue de Fay n'était pas de celles qui inspiraient des idées de mariage, et c'était malheureux, car c'était là son vœu le plus cher – ce qui tout bien considéré était on ne peut plus naturel. Les hommes, quant à eux, se méprenaient systématiquement, comme le soupçonnaient Mrs Crown et ses filles.

Fay était quasiment seule au monde : sa mère, qui était veuve de guerre, était morte depuis quelques années et son frère – qui était marié et père de deux enfants – vivait à Melbourne, où elle allait le voir de temps en temps. Mais elle ne s'entendait pas avec sa femme qui se donnait de grands airs, trouvait-elle, et ces visites se faisaient de plus en plus rares.

« Si tu ne réussis pas du premier coup, se disait Fay, essaie encore. »

Quelqu'un avait écrit ces lignes sur la première page de son carnet d'autographes quand elle était adolescente et ça l'avait marquée.

Fay, qui voulait devenir danseuse de cabaret, avait vite dû se contenter d'être vendeuse de cigarettes puis barmaid alors qu'elle n'avait pas même vingt ans ; à vingt-trois ans, elle avait rencontré Mr Marlow, un riche célibataire d'âge mûr. Deux ans plus tard, il lui avait donné cinq cents livres en espèces en lui annonçant qu'il allait s'installer à Perth et qu'il avait été ravi de la connaître. Elle était restée par pure inertie dans le petit appartement isolé qui n'avait plus de raison d'être ; délaissant la vie tumultueuse de barmaid, ses horaires particuliers et ses gros pourboires, elle était allée travailler dans une boutique de robes de Strand Arcade. Elle y avait rencontré Mr Green qui était couturier ; lorsqu'il lui avait soudainement appris qu'il se mariait, elle avait tout aussi soudainement délaissé la galerie marchande pour se faire embaucher chez Goode's, où elle était employée depuis un peu plus de dix-huit mois.

Les hommes qu'elle fréquentait aujourd'hui étaient un ramassis hétéroclite de visages de son passé mouvementé, de rendez-vous arrangés par son amie Myra Parker (collègue et conseillère de l'époque où elle travaillait en boîte de nuit) et de gens rencontrés dans des soirées où l'invitaient Myra ou ledit ramassis. Et les cinq cents livres ? À la banque. Elle avait l'intention de les claquer le moment venu pour s'offrir son trousseau. Il lui arrivait, comme en cet instant, de se surprendre à pleurer car le moment tardait tellement à venir qu'elle craignait qu'il n'arrive jamais, mais après quelques minutes, quand son mouchoir était tout sale et trempé, elle se séchait les yeux, se passait de l'eau sur le visage et allumait une Craven A.

« Si tu ne réussis pas du premier coup, se disait-elle, essaie encore. »

Elle était vaillante, comme la plupart de ses compatriotes.

5

Les grandes portes vitrées en acajou de F.G. Goode's étaient ouvertes ponctuellement à neuf heures cinq tous les matins, du lundi au samedi, et, toute la journée, jusqu'à dix-sept heures trente (ou midi et demi, le samedi), les dames allaient et venaient avec leurs désirs et la concrétisation de ceux-ci. La plupart arrivaient à pied ; si elles étaient d'une grande élégance, le portier en uniforme de lieutenant-colonel d'un royaume d'opérette touchait sa casquette ou saluait d'un petit signe de tête ; si elles arrivaient en taxi ou – Seigneur ! – en voiture avec chauffeur, il se précipitait au bord du trottoir pour ouvrir la portière et la tenir pendant que la dame en descendait.

Quel que soit l'objet de leur visite, les dames s'attardaient en général au rez-de-chaussée avant de monter par l'ascenseur ou l'escalator, guignant le comptoir des parfums, les gants, les mouchoirs, les foulards, les ceintures et les sacs. Parfois, elles allaient directement à la buvette et s'installaient sur un tabouret doré au bar recouvert de marbre, pour prendre un *milk-shake* ou un *ice cream soda*, car Sydney est une ville immense et ces dames venaient parfois de très loin pour faire leurs emplettes chez Goode's. Certaines mettaient de la poudre contre le mal de tête dans leur soda pour affronter la journée qui les attendait.

En période de vacances scolaires, il arrivait que ces dames soient accompagnées d'un enfant ou deux et parfois – même un officier d'opérette ne pouvait que les plaindre – c'étaient d'affreux marmots qui se disputaient sans cesse et commençaient chaque phrase par : « Je veux... » La plupart de ces bambins venaient se chausser, car le rayon Souliers pour Enfants était pourvu d'un appareil à rayons X destiné à vérifier que les os de leurs pieds n'étaient pas déformés par leurs nouvelles chaussures et cette machine était extrêmement appréciée des mères, jusqu'au jour où l'on découvrit que l'effet de tous ces rayons X était un peu plus nocif que des souliers mal ajustés, si mauvais que cela puisse être, assurément.

Si les enfants se comportaient à peu près convenablement, on les emmenait, une fois les achats terminés, déjeuner au restaurant du cinquième étage, qu'il valait donc mieux éviter durant les vacances scolaires, car ils avaient tendance à être infernaux sitôt attablés, rares étant les mères qui osaient les faire sortir *manu militari* une fois qu'ils étaient assis, si bien que ces déjeuners étaient ponctués de cris, de claques, de verres renversés et de *jellies* pulvérisées. Plus rares encore étaient celles qui avaient la courtoisie de laisser un pourboire digne de la pagaille occasionnée.

Miss Jacobs, Mrs Williams et Miss Baines échappaient peu ou prou à ces inconvénients de la vie de Goode's, car peu de clientes se mettaient en tête d'acheter une robe de cocktail ou ne serait-ce qu'une robe de jour en traînant leur progéniture à leurs basques.

En haut, tout était *luxe, calme et volupté**[1], il y avait de jolies lumières roses et des miroirs également teintés de rose qui vous rendaient belles, et sous vos pas, l'épais silence gris d'une luxueuse moquette anglaise.

À neuf heures précises, les femmes en noir étaient toutes à leur poste, prêtes à affronter la journée estivale, lorsque Miss Cartright fondit sur elles dans sa robe à pois en piqué de coton.

« Mesdemoiselles ! » s'écria-t-elle.

Comme elles avaient cela en horreur. On racontait qu'elle avait été chargée de la discipline au pensionnat du Presbyterian Ladies College et elles n'avaient aucun mal à l'imaginer. Pour qui elle se prenait ? Qu'est-ce qu'elle voulait, cette fois ?

« Une intérimaire se joindra à vous la semaine prochaine, annonça Miss Cartright avec un grand sourire. J'espère que vous l'accueillerez. Je sais que d'habitude vous n'avez pas d'intérimaire dans ce rayon, mais je pense qu'elle sera utile et elle pourra aussi aider Magda. »

Pitié.

Au fond du rayon des Robes pour Dames, après les Robes de Cocktail, il y avait quelque chose d'unique, quelque chose de réellement merveilleux ; mais ce n'était pas donné à tout le monde, c'était là tout l'intérêt. Car là, tout au fond, se trouvait une belle arche, sur laquelle était écrit en lettres déliées Modèles Haute

---

1. Tous les mots et expressions suivis d'un astérisque sont en français dans le texte (*NDT*).

Couture. Et derrière l'arche se nichait une grotte rose tendre éclairée de petites lampes volantées et meublée d'élégantes causeuses tapissées de brocart gris perle; les murs étaient couverts de magnifiques placards en acajou, où étaient accrochés sur des cintres revêtus de satin rose les Modèles Haute Couture, dont les prix faramineux avaient le privilège d'être affichés en guinées.

D'un côté de la grotte se trouvaient une table et un fauteuil Louis XVI, où les clientes pouvaient rédiger un chèque ou signer un reçu, et, de part et d'autre, deux psychés où les dames qui avaient enfilé un Modèle Haute Couture (pour peu qu'elles aient osé) pouvaient se regarder convenablement, faire quelques pas et se retourner, pour juger de l'effet qu'elles produisaient dans un lieu spacieux semblable à ceux où elles étaient destinées à être vues. Au plafond, un lustre; les seuls accessoires ou presque qui manquaient à la scène étaient la bouteille de veuve-clicquot écumante et la flûte à champagne; pour le reste, la caverne était la fidèle reproduction du séjour luxueux où ses clientes étaient censées continuellement demeurer, et la pythie qui gardait la grotte était Magda.

La svelte et voluptueuse Magda à la poitrine avantageuse, si élégamment vêtue, coiffée et manucurée, était la plus irrésistible, la plus parfumée, la plus étincelante, la plus atroce et abominable vipère que Miss Williams, Miss Baines et sans doute Miss Jacobs elle-même aient jamais vue ou ne serait-ce qu'imaginée. *Magda* (personne ne s'essayait même à prononcer son horrible patronyme européen) était une cruelle réalité que l'on ignorait la plupart du temps, mais, si elles étaient amenées à partager une intérimaire avec Magda, elles savaient déjà qui s'adjugerait la plus grosse part ; elles verraient Magda se faufiler hors de sa grotte rose et se glisser aux Robes de Cocktail pour venir la leur chiper sitôt qu'elle se montrerait utile. C'était une certitude, car Magda était de ces femmes qui obtiennent toujours ce qu'elles veulent : cela se voyait. Car Magda (misère) était *européenne* ; et elles étaient bien contentes de ne pas l'être.

Mrs Williams, en tout cas ; elle en était sûre.

« Seigneur, disait-elle. Je ne supporterais pas tous ces voyages. »

Miss Jacobs semblait juste plus offusquée que d'habitude, et même légèrement offensée, comme si elle venait de voir une araignée dans sa tasse de thé. Fay Baines trouvait que Magda était épouvantable, tout bonnement épouvantable ; mais chez elle, devant sa glace, elle se demandait ce qu'elle utilisait comme maquillage, car cette femme devait bien avoir quarante ans et elle était magnifique. Inutile de le nier.

6

Quand Lesley Miles se présenta à l'entretien d'embauche pour le poste de Vendeuse (Intérimaire) chez Goode's, on lui donna un formulaire à remplir, et le premier mot qu'elle écrivit avec une extrême minutie et un sentiment angoissant de danger fut : « Lisa ».

C'était le prénom qu'elle s'était choisi plusieurs années auparavant ; elle détestait plus qu'elle n'aurait su le dire celui qui lui avait été donné à sa naissance et avait décidé depuis longtemps d'en changer à la première occasion ; et cette première occasion, c'était aujourd'hui.

« Lisa Miles ! » cria une voix ; Lesley-Lisa se leva d'un bond et suivit une femme dans la petite salle où se déroulaient les entretiens.

« Alors, Lisa », dit celle-ci – et ce fut ainsi que Lesley entama sa nouvelle vie sous le nom de Lisa.

C'était tellement simple ; elle était sûre qu'elle s'y ferait immédiatement. Elle se tint très droite comme une Lisa et sourit gaiement. C'était parti.

Miss Cartright qui menait l'entretien observa d'un œil perçant l'adolescente assise en face d'elle : il ne fallait surtout pas se tromper lorsqu'on sélectionnait une vendeuse de Goode's, même si ce n'était qu'une intérimaire recrutée pour la ruée de Noël suivie des soldes du nouvel an. Au moins, celle-ci était visiblement intelligente : d'après le formulaire qu'elle avait rempli, elle s'apprêtait à passer son diplôme de fin d'études. Mais ce visage ! Cette silhouette ! Elle avait le corps et la mine d'une enfant de quinze ans, et une enfant immature, qui plus est : elle était petite, mince, pour ne pas dire maigre, avec des cheveux blonds frisés et des yeux vifs pleins d'innocence derrière des lunettes purement fonctionnelles. Certes, avec la robe noire, elle aurait l'air d'avoir quelques années de plus : elle était accoutrée de façon grotesque – ses vêtements étaient manifestement faits maison et mal faits, de surcroît : une petite robe imprimée en cotonnade avec des manches mal montées et un col Claudine. Pauvre petite.

Lisa, qui avait repassé sa robe rose – sa plus belle – avec le plus grand soin et enfilé ses chaussures à talons hauts avec une nouvelle paire de bas nylon, était persuadée que son allure était aussi proche que faire se pouvait, dans les circonstances, de l'image type de la Lisa et restait souriante et pleine de zèle sans se douter le moins du monde des pensées qui agitaient Miss Cartright.

« Dites-moi, Lisa, qu'avez-vous l'intention de faire quand vous quitterez le lycée ?

— Je vais attendre mes résultats, répondit Lisa d'un air vague.

— J'imagine que vous ne comptez pas faire carrière dans la vente ? demanda Miss Cartright.

— Oh non ! » s'écria Lisa.

Miss Cartright se mit à rire.

«Je comprends tout à fait, Lisa. Ce n'est pas fait pour tout le monde. Mais tant que vous travaillerez ici, il faudra travailler dur et comme si c'était un emploi fixe. C'est entendu ?

— Bien sûr, répondit fébrilement Lisa. Bien sûr, je comprends. Je travaillerai très dur.»

Et Miss Cartright, jugeant que ce serait plutôt original de voir la jeune fille dans un tel environnement, décida de la mettre aux Robes de Cocktail, où elle pourrait donner un coup de main à Magda de temps en temps, d'autant que, tout bien considéré, sous ses airs juvéniles, elle était manifestement intelligente et pourrait se montrer fort utile.

« Bien, en ce cas, vous commencerez le premier lundi de décembre, informa-t-elle la nouvelle vendeuse (Intérimaire), et vous serez payée à la quinzaine, le jeudi. Et maintenant, nous allons nous occuper de votre robe noire.»

Ce n'est qu'à ce moment-là qu'elle songea qu'il n'y aurait sans doute pas de robe qui convienne à cette gamine maigrichonne. Tant pis, elle finirait peut-être par la remplir, une fois passé le stress des examens. Lisa la suivit, elles sortirent de la pièce, montèrent au Service Habillement par l'escalier de secours, et son enchantement était tel à l'idée d'être vêtue de noir qu'elle se ficha éperdument de se voir attribuer une robe d'une taille au-dessus de la sienne, sachant qu'elle portait du 34 ; de toute façon, elle n'avait jamais eu une robe qui lui aille vraiment.

Les entretiens d'embauche des intérimaires s'étaient déroulés un samedi après-midi, après que Goode's – et tous les magasins de la ville – eut fermé pour le week-end, et Lisa était arrivée pile à l'heure de la fermeture, alors que les rues de la ville étaient encore encombrées de gens qui rentraient chez eux ou se rendaient au cinéma ou au restaurant. Une bonne heure plus tard, quand elle émergea de l'Entrée du Personnel, elle retrouva la ville plongée dans l'atmosphère du samedi après-midi et du dimanche : si silencieuse, si déserte que l'on imaginait quelque tragique catastrophe universelle, un terrible fléau ou peut-être même la visite de l'Ange de la Mort. En descendant Pitt Street et Martin Place, elle entendit résonner chaque pas ; quand elle passa devant la Grande Poste, elle vit une femme poster une lettre, et dans George Street, un homme, au loin, qui se dirigeait vers Circular Quay ; autrement, il n'y avait pas âme qui vive dans les rues.

Elle traversa le sombre hall mystérieux de la gare de Wynyard qui menait aux trains et, quand le sien arriva, il n'y avait que trois autres passagers sur le quai. Elle n'était jamais venue en ville le samedi après-midi et cet événement, après la nouveauté de son premier entretien d'embauche, lui inspirait un sentiment d'inquiétante étrangeté – et cependant, une sorte de familiarité irréelle ; car Lisa pensait qu'elle était selon toute vraisemblance poète et cette expérience lui semblait être de celles sur lesquelles on pouvait aisément se surprendre à écrire un poème, pour peu que l'on parvienne à se souvenir de ce sentiment, cette appréhension d'un monde transformé et de sa propre présence à ce monde et dans ce monde : une sensation et une appréhension pour lesquelles elle ne trouvait pas de mots précis pour l'instant.

Lisa, se disait-elle dans le train qui traversait le Pont avec un bruit de ferraille. Je m'appelle Lisa Miles. Le sentiment d'étrangeté l'habitait encore et inversement quand elle sonna à la porte de la maison de Chatswood où elle vivait avec ses parents – pour l'instant, elle n'avait pas la clé.

Sa mère vint lui ouvrir. « Coucou, Lesley ! » lança-t-elle.

Durant les quelques semaines qui séparaient la fin de l'examen de fin d'études de son premier jour chez Goode's, Lisa partit avec sa mère dans les Blue Mountains, lut *Tendre est la nuit* et une partie d'*Anna Karénine*, alla deux fois au cinéma et resta surtout des heures entières, silencieuse et impatiente, à attendre que sa mère, qui lui cousait de nouveaux vêtements, ait fini de poser des épingles.

« Ne bouge pas, lui ordonnait-elle. Il faut bien que tu te fasses belle, non ? C'est ton premier emploi.

— Oui, mais je serai en robe noire, dit Lisa. On ne me verra pas dans mes vêtements à moi.

— Si, on te verra arriver et repartir, répondit sa mère.

— Tygre, tygre, brûlant éclair / Dans les forêts de la nuit, commença Lisa.

— Oh, toi et ton Blake, maugréa sa mère. Ne me déconcentre pas et arrête de bouger. »

Lisa était fille unique, particularité à laquelle les étrangers attribuaient sa bizarrerie générale. Son père, qui était typographe au *Herald*, était rarement là et rentrait généralement au petit matin, dormait jusqu'au début de l'après-midi avant d'aller au pub une heure ou deux boire quelques bières en attendant l'heure de repartir travailler. Le samedi, il passait la journée l'oreille vissée à la radio pour suivre les courses sur lesquelles il avait engagé des paris. Mrs Miles n'avait pas la moindre idée du montant de son salaire et aurait été stupéfaite si on le lui avait dit. Et si elle avait su quelle part de celui-ci finissait dans les poches des bookmakers, elle se serait évanouie.

Elle ne le connaissait pas très bien quand ils s'étaient mariés, pendant la guerre : c'était un beau soldat rencontré lors d'une soirée dansante à laquelle elle assistait et quand, après l'avoir brièvement fréquentée, il lui avait suggéré de tenter l'aventure, elle n'avait vu aucune raison de refuser.

Jusque-là, elle n'avait pas eu la vie facile, car elle était issue d'une famille de boulangers et avait été couverte de farine dès ses onze ans, enrôlée pour aider ses aînés quand elle rentrait de l'école. Elle avait appris à placer les cerises confites sur les *cupcakes* et été par la suite initiée aux opérations plus délicates jusqu'à ce qu'à l'âge de quinze ans, la pâtisserie n'ait plus de secrets pour elle.

Elle avait alors arrêté ses études pour travailler à plein temps dans le commerce familial. Elle recevait un salaire dérisoire payé en liquide et vivait encore chez ses parents, juste au-dessus de la boutique. Peut-être aurait-elle été encore couverte de farine si son Ted n'était pas arrivé dans son bel uniforme militaire. Une fois celui-ci ôté, il avait moins d'arguments. Mais que voulez-vous, c'est la vie. Elle aurait pu se désoler, comme elle l'en soupçonnait, de ne pas lui avoir donné un fils si sa Lesley n'avait été la prunelle de ses yeux.

7

La veille du premier lundi de décembre, Magda et Stefan avaient passé la soirée du dimanche à jouer aux cartes avec deux amis jusque tard dans la nuit et, le temps qu'elle débarrasse les verres sales, vide les cendriers, range le salon et procède à son *démaquillage**, il était plus de deux heures du matin. Elle resta un instant à contempler Mosman Bay puis elle soupira et alla au lit. Stefan lisait une page de Nietzsche, son dernier rituel du soir.

« Ah, Magda, ma chérie, dit-il en mettant son livre de côté, le temps qu'une femme finisse ce qu'elle a à faire, je suis presque endormi. Allez, viens te coucher.

— Aucune loi dans ce pays n'interdit aux hommes d'aider leur femme à remettre de l'ordre, pour autant que je sache.

— En fait, je crois bien que si, répondit Stefan.

— Tu as sans doute raison », acquiesça Magda en se mettant au lit ; et il était facilement trois heures du matin quand le sommeil lui ferma les yeux.

La conséquence fut que le lendemain matin, lorsqu'elle se regarda dans le miroir après s'être levée à l'heure habituelle, elle avait une mine épouvantable et passa le quart d'heure suivant étendue sur le canapé, les pieds surélevés, avec deux bonnes tranches de concombre sur ses paupières closes. Puis elle se mit debout avec un gros soupir, mangea un yaourt et se prépara pour aller travailler.

Que l'on n'aille pas imaginer que Magda portait la robe noire réglementaire de Goode's quand elle officiait aux Modèles Haute Couture. Non : dans ce domaine (comme dans bien d'autres), un compromis avait été trouvé, selon lequel Magda acceptait de s'habiller en noir mais à ses conditions. Elle avait acquis une collection de robes noires et de ce qu'elle appelait costumes, dont beaucoup étaient égayés, pour ne pas dire rehaussés par de discrets ajouts de blanc – des cols, parfois, ou encore des poignets, ou les deux – ou même, dans le cas d'un costume, de rose pâle ; le tout astucieusement acheté dans de petites boutiques de luxe où elle préférait se fournir en bénéficiant d'importantes remises que Goode's leur remboursait ensuite en vertu d'un accord passé avec elles.

« Quand j'étais *vendeuse** chez Patou, avait remarqué Magda, je ne mettais que du Patou. Naturellement. »

C'était un énorme bobard car, pour commencer, Magda n'avait jamais été vendeuse chez Patou. Elle aurait pu, cependant ; c'était une bonne histoire, une histoire commode qui, plus que tout ce qu'elle avait à dire, lui avait valu de décrocher le poste de responsable des Modèles Haute Couture.

« Ces gens-là, disait souvent Magda à ses amis européens, n'y connaissent rien. »

Magda monta au Vestiaire non pas pour se changer, donc, mais pour ranger son sac et se refaire une beauté, passant devant ses obscures collègues dans un nuage de Mitsouko. Elle se tapota le nez de poudre, apparemment sourde aux ricanements des autres, puis se retourna avec un sourire éclatant.

« Belle journée, n'est-ce pas ? Ce matin, le trajet jusqu'ici a été absolument enchanteur. Quelle chance nous avons de vivre dans un endroit pareil. »

Et elle sortit de la pièce, en longeant une frise de visages muets d'étonnement, d'incompréhension et de mépris – réactions qui peinèrent à être formulées tandis que ses pas s'éloignaient de la porte. « Sapristi », dit Patty Williams, exprimant le fond de leurs pensées à toutes.

C'est alors que Lisa fit son entrée. Elle se tenait, hésitante, sur le seuil, frêle fée en jupe froncée et ce qui avait tout l'air d'une blouse d'écolière blanche. Patty Williams lui jeta un coup d'œil et se tourna vers Fay Baines.

« Regardez-moi cette allure, observa-t-elle. Vous cherchez quelqu'un, lança-t-elle, ou vous êtes perdue ? C'est réservé au personnel, ici.

— Oui, répondit Lisa. Enfin, je fais partie du personnel, je veux dire. Je suis une intérimaire.

— Au secours, souffla Patty à Fay. Vous avez un numéro de casier ? » demanda-t-elle à Lisa.

Lisa lui donna le numéro qu'on venait de lui communiquer à l'Accueil du Personnel et Patty écarquilla les yeux.

« Ah, c'est par ici, justement. Au secours, répéta-t-elle à Fay. Ça doit être notre nouvelle intérimaire. J'aurai tout vu. Venez vous changer, dit-elle en haussant de nouveau la voix. Il va falloir descendre. Pas question de lambiner, par ici», ajouta-t-elle avec sévérité.

C'était extraordinaire ce que Patty pouvait être sûre d'elle quand elle n'avait pas de réelle opposition à craindre et, durant la semaine qui suivit, elle s'arrangea comme elle savait si bien le faire pour que les journées de travail de Lisa soient aussi frénétiques que possible.

C'était Miss Jacobs qui possédait le plus d'ancienneté et donc le droit à proprement parler de tourmenter Lisa ou du moins de s'assurer qu'elle apprenne les tâches à effectuer et se rende utile, mais entre Noël, le jour de l'an et toutes les réceptions qui s'annonçaient, les robes de cocktail disparaissaient des portants en un rien de temps pour rejoindre les cabines d'essayage et Miss Jacobs avait fort à faire pour épingler toutes les retouches ; cela laissait donc à Patty le champ libre pour exercer son pouvoir et elle s'adapta à merveille à ce rôle.

« Alors, vous avez arrêté l'école, Lisa ? demanda-t-elle. Vous venez de passer le brevet, hein ? Vous l'avez eu ?

— Je viens de passer le diplôme de fin d'études, répondit Lisa.

— Voyez-vous ça ! s'exclama Patty, déconcertée, pour ne pas dire consternée. Le diplôme de fin d'études. Eh bien, moi qui croyais que vous aviez une quinzaine d'années. Le diplôme de fin d'études ! »

Patty considéra le petit prodige avec une incrédulité mêlée de crainte.

« Vous voulez être professeur, c'est ça ? dit-elle.

— Oh non, je ne pense pas, répondit Lisa. Je serai poète, dit-elle, se croyant obligée de parler d'elle en toute franchise. Je crois… » – et elle laissa sa phrase en suspens, constatant à présent l'effet dévastateur de sa sincérité.

« Poète ! s'exclama Patty. Poète, ça alors ! »

Elle se tourna vers Fay qui enfilait une note sur la pique après avoir conclu une vente.

« Vous avez entendu ça ? demanda-t-elle. Lisa va être poète ! » Et elle sourit méchamment.

« Non, enfin, rectifia la jeune fille, troublée, j'aimerais être poète. Ou peut-être actrice, ajouta-t-elle dans l'espoir de détourner Patty de son étonnement.

— Actrice ! s'écria Patty. *Actrice !* »

Et Lisa comprit aussitôt qu'elle n'avait fait qu'aggraver son erreur initiale et qu'elle était soudain devenue la risée de tous ; car le spectacle qu'elle présentait avec sa robe noire, ses lunettes fonctionnelles et ses allures d'enfant chétive était si éloigné de l'idée qu'elles se faisaient d'une actrice que les deux vendeuses finirent par éclater de rire. Désarmée, Lisa resta plantée devant elles et se mit à rougir ; elle était même au bord des larmes.

Fay fut la première à se ressaisir ; elle, du moins, avait encore le souvenir d'avoir tenté une carrière sur les planches pour faire taire ses moqueries.

« C'est très difficile d'entrer dans le milieu du théâtre, dit-elle gentiment. Il faut connaître quelqu'un. Vous connaissez quelqu'un ?

— Non », répondit Lisa d'une petite voix.

Puis elle eut soudain une inspiration de génie. « Pas encore », ajouta-t-elle.

Miss Jacobs, qui était occupée à rédiger une fiche de retouches à quelques mètres de là, avait suivi la conversation sans rien laisser paraître. Elle se retourna.

« Tout à fait, dit-elle. Elle a tout le temps. Elle ne connaît encore personne. Ce n'est qu'une jeunette. »

Miss Jacobs tourna le dos au silence stupéfait que sa déclaration avait suscité et se dirigea lentement vers un portant de robes de cocktail qui étaient censées être classées par tailles.

« Je crois que ces robes ne sont pas bien rangées, dit-elle en se retournant vers Lisa. Vous voulez bien vérifier, Lisa, et les remettre en ordre ? C'est gentil, merci. »

Lisa vérifia les tailles sur les étiquettes des robes de cocktail, 36, 38, 40, 42, 44 (il n'y avait que deux 44 dans cette gamme) et les remit en place si nécessaire en recourant au vade-mecum qu'elle employait d'ordinaire dans l'adversité. « Tygre, tygre, brûlant éclair, récitait-elle intérieurement, Dans les forêts de la nuit », et elle en était à « Quels terribles pieds ? » quand une cliente qu'elle n'avait pas même remarquée l'interrompit. Elle lui tendait un fourreau noir et magenta.

« Vous l'avez en 40 ? demanda-t-elle. Je ne la vois qu'en 36.

— Un instant, dit Lisa, je vais vérifier en réserve. Je suis désolée de vous faire attendre », ajouta-t-elle comme le lui avait bien recommandé Patty.

Celui qui créa l'agneau te créa-t-il ?

Le Tygre était entré dans la vie de Lisa à l'époque où elle n'était encore que Lesley, au début de l'année du brevet, trois ans auparavant. Frêle, apparemment solitaire, étrangement indifférente, élève moyenne guère remarquée par ses professeurs, elle était toujours assise au fond de la classe et s'effaçait dans les coins et contre les murs pendant les récréations. Ses deux seules copines étaient deux filles tout aussi peu à la mode : l'une, très grosse, et l'autre qui souffrait d'eczéma, des filles pour qui tout semblait à faire sans que l'on voie ce qui pouvait l'être, des filles qui devaient se débrouiller comme elles le pouvaient pour se sortir du dédale.

Comment la fille boulotte et la fille eczémateuse accomplirent cet exploit, l'histoire ne le dit pas ; quant à Lisa, le fil surgit des pages d'une anthologie de poésie qui lui tomba un jour entre les mains à la bibliothèque du collège – littéralement : le livre glissa de l'étagère alors qu'elle était à la recherche d'un tout autre ouvrage et, comme il s'ouvrait, son regard ne put s'empêcher de se poser sur la page de droite, où il entrevit le mot « tygre ». Après cela, le reste suivit inéluctablement car aucun adolescent de quatorze ans un tant soit peu éveillé ne peut voir le mot « tygre » si mystérieusement, si irrésistiblement orthographié, sans chercher à en savoir davantage, ce que fit Lisa, qui vit alors l'abîme de la poésie s'ouvrir à ses pieds. Elle ne tarda pas à connaître le poème par cœur et, au cours des semaines qui suivirent, s'interrogea sur sa signification, et même ses procédés, et quelques mois plus tard, quand on leur demanda en classe de choisir un poème, n'importe quel poème de langue anglaise, et d'écrire une dissertation dessus, Lisa fut en mesure de s'étendre longuement sur le « vray chef-d'œuvre » de Blake et ne s'en priva pas.

Son professeur de lettres se demanda alors à voix haute s'il n'était pas préférable qu'elle s'assoie devant : peut-être avait-elle une mauvaise vue et lui était-il déconseillé d'être si loin du tableau, se dit-elle. Lisa fut donc déplacée à un pupitre du deuxième rang et poursuivit sur sa lancée ; car Miss Phipps avait pour ainsi dire flairé la victoire.

« Elle a l'étoffe d'une mention très bien, dit-elle en salle des professeurs. Je n'aurais jamais cru qu'elle en était capable. Mention très bien, largement. »

L'objectif premier de tout professeur de l'établissement étant de produire autant de mentions très bien au diplôme de fin d'études qu'il était humainement possible, Lisa fut repérée à son insu. Comme il en va souvent dans ces cas-là, l'attention et les encouragements (si discrets soient-ils) qu'elle reçut alors pour la première fois influèrent d'une manière générale sur ses résultats et elle fit des progrès dans toutes les matières. Arrivée en dernière année, elle figurait respectablement dans les rangs des éléments plus ou moins prometteurs : ces élèves qui obtiendraient des résultats solides sans être spectaculaires et décrocheraient certainement une bourse d'études du Commonwealth.

Remplir le formulaire pour celle-ci n'avait pas été sans poser quelques problèmes.

« Je ne sais pas trop, Lesley, avait dit sa mère. Je ne sais pas trop pour l'université. Il faudra voir ce que ton père en dit. De toute façon, il doit le signer. »

Elles réussirent à le coincer juste au moment où il s'apprêtait à partir au *Sydney Morning Herald*.

« Ma fille ne mettra pas les pieds dans ce cloaque, dit-il. Point final. »

À la fin de la semaine suivante, il avait consenti à apposer sa signature sur le formulaire à la condition expresse que si, par extraordinaire, sa fille obtenait effectivement cette bourse, il n'en serait pas moins hors de question qu'elle accepte.

« C'est juste pour le lycée, dit Mrs Miles. Ils veulent qu'elle le fasse, au lycée. C'est bon pour leur réputation.

— Oui, bon, de toute façon, je ne voulais pas qu'elle aille dans cette boîte, déclara E. Miles, typographe. Un ramassis de bêcheuses. »

Il critiquait là le fait que l'établissement en question, un lycée d'État, n'admettait que les élèves d'une certaine intelligence : le bonheur de Mrs Miles lorsque, à l'âge de onze ans, sa Lesley s'était retrouvée au nombre de ceux-ci était de ces multiples joies parentales qu'elle n'avait pu hélas partager avec son co-auteur. Les cinq dernières années avaient été faites de soirées silencieuses sous la lampe, Lesley à la table de la cuisine, plongée dans ses devoirs qui lui prenaient de plus en plus de temps, et sa mère dans le fauteuil en rotin, occupée à tricoter, coudre ou lire *The Women's Weekly*, rayonnant d'une invisible fierté. Sa fille : une étudiante.

8

À la fin de sa première semaine au poste de Vendeuse (Intérimaire) chez Goode's, Lisa avait l'air plus fragile que jamais et sa robe noire semblait avoir deux tailles de trop plutôt qu'une. Seigneur, se dit Miss Cartright en passant devant les Robes de Cocktail, cette enfant a l'air absolument famélique : ce n'est guère convenable.

« Vous avez pris votre pause-déjeuner ? lui demanda-t-elle un peu plus tard.

— Oui, merci, répondit l'enfant.

— Surtout, faites un vrai repas le midi, lui dit Miss Cartright d'un air sévère. Il faut bien manger pour tenir ici. C'est pour cela que nous finançons la Cantine du Personnel, voyez-vous, pour nous assurer que vous soyez toutes bien nourries. Alors faites un vrai repas le midi, Lisa.

— Oui, bien sûr », répondit-elle.

« Lesley, lui avait dit sa mère, dans la mesure du possible, évite la nourriture de la cantine. Je suis sûre que ce n'est pas bon pour toi : tu ne sais pas où elle a traîné ni qui l'a manipulée. Et ça peut ne pas être frais. Je te préparerai de bons sandwichs à emporter. »

Sa fille n'avait pas discuté, car si les salades multicolores de la cantine et ses *jellies* tremblotantes avec leur petite rosace de crème fouettée lui avaient bien plu, le lieu même et sa clientèle lui avaient semblé d'une mélancolie qui n'avait rien de poétique. À la fin de la première semaine, elle avait pris l'habitude de grimper quatre à quatre l'escalier de secours pour rejoindre le Vestiaire, se changer, attraper ses sandwichs et un livre, puis redescendre en vitesse par le même escalier et, une fois dans la rue, remonter Market Street, traverser Elizabeth Street – au mépris des voitures, des taxis et des tramways – pour aller à Hyde Park passer trois quarts d'heure dans l'étreinte de son amoureuse verdure.

Il faisait à présent une chaleur abominable, implacable, et elle s'était aperçue qu'en s'asseyant d'un côté ou de l'autre de la margelle de la fontaine Archibald selon la direction du vent, elle pouvait profiter de la fraîcheur des gouttelettes que soufflait la brise. Ainsi installée, le ventre empli des copieux sandwichs garnis de viande ou de fromage que lui préparait sa mère aimante, l'esprit empli quant à lui de l'histoire douloureuse d'Anna Karénine qu'elle avait presque finie, elle accédait à un état de béatitude émerveillée essentiellement causé par la simple nouveauté que représentait pour elle le fait d'être et d'agir seule : la délicieuse expérience de la solitude heureuse.

Le vendredi de la première semaine, elle était assise là, la blouse éclaboussée par l'eau de la fontaine, et il ne lui restait plus que quelques minutes avant de devoir retourner en toute hâte d'où elle venait et réintégrer sa robe noire, lorsque Magda passa par là et, ayant eu l'occasion de l'observer de la sinistre entrée des Modèles Haute Couture, l'aborda.

« Ah, Lisa, je crois, c'est bien cela ? Je m'appelle Magda, vous m'aurez vue sans aucun doute diriger le rayon des Modèles Haute Couture chez Goode's où nous devons maintenant – et sur ces mots, elle consulta une montre en diamant – retourner, il me semble.

— Ah oui, merci », balbutia Lisa, décontenancée.

Elle se leva en ramassant son livre et ses détritus sous le regard critique de Magda. Et dire que cette petite chose inachevée lui avait été proposée comme vendeuse de ses Modèles Haute Couture – en cas de besoin. Comme si elle avait besoin de qui que ce soit ! – quoique, à la réflexion, elle pouvait lui servir pour effectuer une ou deux petites tâches pénibles ; qui plus est, si elle devait soustraire Lisa aux Robes de Cocktail, cela agacerait les pestes qui en avaient pour l'instant la responsabilité. Eh bien, qu'à cela ne tienne, c'est ce qu'elle allait faire, et sans tarder.

« Cette chère Miss Cartright, elle est si élégante, vous ne trouvez pas ? Elle a beaucoup de classe, contrairement à beaucoup de femmes que je vois autour de moi », et sur ce, elle jeta autour d'elle un long regard éclatant qui englobait tous les gens qui se trouvaient dans un rayon de cent mètres, et poussa un soupir, cependant résigné. « Elle me dit que je dois profiter de vos services sans nul doute excellents durant les prochaines semaines pendant que je m'occupe de ma ruée de Noël, n'est-ce pas ?

— Oui, répondit Lisa. Il me semble qu'elle m'a dit que je devais vous aider de temps en temps.

— Bon, eh bien, nous organiserons cela la semaine

prochaine, dit Magda avec contentement. En attendant, je me demande pourquoi vous avez le dos mouillé. Auriez-vous transpiré ?

— Non, non ! s'écria Lisa. J'étais assise à côté de la fontaine, j'ai juste été aspergée par les gouttes.

— Petite sotte ! s'exclama Magda. Vous ne savez donc pas qu'il est dangereux de s'asseoir près d'une fontaine en eau par une pareille chaleur ? Mon Dieu. Vous allez attraper *la grippe** si vous persistez dans cette folie. De plus, les vêtements humides sont très inélégants. Ne refaites plus cela, je vous prie. Et l'humidité est aussi très mauvaise pour vos cheveux », ajouta-t-elle, jetant un œil à ces derniers et se disant : je me demande si je pourrais la persuader d'aller chez Raoul, c'est la seule personne de ce pays qui pourrait couper une crinière pareille. Ah, les gens d'ici n'y connaissent rien. Et cette enfant encore moins, mon Dieu.

Elles étaient arrivées à l'Entrée du Personnel et Lisa monta en courant l'escalier de secours pour aller se changer. Magda regarda sa silhouette s'éloigner et entreprit non sans satisfaction son ascension quant à elle plus lente et plus brève. Elle calculait de tête, se disant qu'au rythme où ils allaient, Stefan et elle auraient mis de côté un capital suffisant d'ici la fin de l'année pour racheter le bail d'un magasin dans Macleay Street ou même à Double Bay : car Magda avait bien l'intention de diriger un jour ou l'autre sa propre boutique de robes excessivement luxueuses et follement exorbitantes et d'envoyer valser les Modèles Haute Couture.

9

Le deuxième lundi de décembre, Patty Williams et Fay Baines étaient attablées à la Cantine du Personnel de Goode's. D'ordinaire, elles ne prenaient pas leur pause-déjeuner en même temps mais avec Lisa en renfort, c'était là un arrangement qui semblait plus commode pour l'organisation du rayon des Robes de Cocktail, car ce dernier était peu fréquenté à l'heure du déjeuner, les dames qui achetaient ce type de robes préférant semblait-il le faire plus tôt dans la journée ou à la hâte, bien plus tard. Elles étaient donc attablées là. Mais ledit arrangement était plus commode pour Patty que pour Fay, comme l'aurait noté n'importe quel observateur perspicace, qui n'aurait pas manqué de remarquer que, ce jour-là, le maquillage de celle-ci couvrait une blême réalité : ses yeux trahissaient le manque de sommeil et sa pâleur, l'abattement.

« C'est une nouvelle poudre que vous essayez ? demanda Patty. Elle est plus claire que celle que vous portez d'habitude. Moi, je mets toujours la même. Je n'en ai jamais changé depuis le lycée. Si j'en changeais, je crois bien que Frank ne s'en apercevrait même pas », ajouta-t-elle avec une intonation qui n'augurait rien de bon.

Ce que la suite confirma.

«Je pourrais me peinturlurer en vert, il ne s'en apercevrait pas. Pas lui. Enfin, que voulez-vous.»

Et elle pinça les lèvres en se disant soudain : je ne devrais pas raconter ce genre de choses à Fay.

«Le problème, avec Frank, poursuivit-elle d'un ton plus enjoué, c'est qu'il a un nouveau patron avec qui il ne s'entend pas. Il dit qu'il est trop imbu de lui-même.»

Ah oui, c'était en effet le problème : à telle enseigne qu'à la soirée steak des Williams, vendredi dernier, Frank s'était déchargé de trois phrases complètes après avoir passé sa première semaine sous le nouveau régime du Service Commercial des Tuiles Wonda.

«Le nouveau patron est un faux-cul, avait dit Frank. Il se croit chez lui. Je ne sais pas pour qui il se prend.»

Il y avait autre chose chez son nouveau patron qui énervait particulièrement Frank et dont il n'avait pas parlé à Patty, en partie parce qu'il n'en avait pas pleinement conscience lui-même : quelque chose qui l'irritait et avait fini par le mettre en rage sans qu'il soit capable de l'affronter directement et entièrement. C'était le fait que son nouveau patron avait placé une grande photo encadrée de ses fils – deux sales petits cathos irlandais de huit et dix ans, environ, aurait-il dit si on le lui avait demandé – sur son bureau, le bureau des Tuiles Wonda ! Et à la première occasion, il les avait montrés à ses subordonnés.

«Voici mes deux fils, avait-il dit avec une fierté imbécile. Kevin et Brian.»

Et il avait eu un large sourire.

« Magnifique, avaient dit les collègues de Frank.

— C'est ça, ouais », avait dit Frank.

Et, comme si cela ne suffisait pas, le vendredi soir, au pub, ce con avait remis le sujet sur le tapis et vous me croirez si vous voulez, mais ils y étaient tous allés de leurs remarques sur leurs fils et même leurs filles. Ça n'arrêtait pas. Tout à coup, ils se vantaient tous de leurs gamins, et tout ça à cause de ce faux jeton de nouveau patron. Frank s'était éclipsé et il était rentré à Randwick d'une humeur massacrante et, au golf, le samedi, son handicap avait explosé.

« Enfin, une chose est sûre, c'est qu'il ne l'aime pas. Je ne sais pas, moi. On ne peut pas toujours avoir ce qu'on veut, n'est-ce pas ? Il devrait venir travailler une semaine sous les ordres de Miss Cartright, je lui ai dit ! Il verrait ce que c'est. »

Ayant ainsi ramené la conversation sur le terrain qui leur était commun, elle regarda de nouveau Fay.

« C'est la nouvelle poudre ou c'est vous ? demanda-t-elle. Vous avez l'air un peu patraque. Ça va ? » Une idée exaltante et horrible lui vint soudain à l'esprit : et si Fay n'était pas dans son assiette ? Et si Fay était enceinte ? Elle ne mangeait pas beaucoup : elle avait à peine touché à la salade qui était devant elle. Fay leva les yeux distraitement. Ses pensées les plus intimes étaient ailleurs.

« Ça va, dit-elle. Je suis rentrée tard, hier soir, c'est tout. Pas assez dormi. »

Tu parles, songea Patty.

Les spéculations de Patty offraient une interprétation toujours aussi grotesque de la réalité. En fait, le samedi soir, Fay avait vécu une expérience perturbante. Elle se trouvait à une fête donnée par un des copains de Myra dans un appartement de Potts Point, lorsque soudain, sans raison, elle avait pris conscience peu avant minuit qu'elle perdait son temps : qu'elle avait en un sens déjà rencontré tous les hommes qui s'y trouvaient à toutes les autres soirées auxquelles elle avait pu assister et qu'elle était lasse de cette ronde futile. Et pire, bien pire encore, c'était la seule ronde où elle pouvait entrer ; celle à laquelle elle semblait condamnée, que cela lui plaise ou non, et, maintenant que ce n'était plus le cas, elle n'y pouvait rien : essaie encore et meurs, songea-t-elle avec désespoir sur la banquette arrière de la Holden d'un inconnu qui la raccompagnait chez elle. Et malgré tout cela, hier, elle avait bu quelques verres au Rex Hotel avec un homme rencontré à la fête et qu'elle avait accepté de revoir, passé une soirée de plus à faire la conversation à un type qui ne l'intéressait pas, et aujourd'hui, elle était totalement lessivée, voilà tout.

« J'ai besoin d'une bonne nuit de sommeil, c'est tout, dit-elle à Patty.

— Enfin, bon », dit Patty, puis elle regarda autour d'elle et aperçut Paula Price, avec qui elle avait travaillé au rayon Enfant, qui avait fait une belle carrière chez Goode's et occupait désormais un poste de responsable à la Lingerie pour Dames.

« Vous permettez, dit-elle à Fay. Je vais faire un brin de causette à Paula ; je ne l'ai pas vue depuis un moment. »

Le résultat de ladite causette fut que Patty fit un détour par le rayon Lingerie, au premier étage, avant de retourner aux Robes de Cocktail, car Paula voulait lui montrer des chemises de nuit *divines* qui venaient d'arriver : une commande livrée en retard que Goode's avait tout de même acceptée car la marchandise était exceptionnelle.

Confectionnées dans un nylon anglais révolutionnaire qui *respirait*, lui avait assuré Paula, les chemises de nuit étaient présentées en trois coupes et trois couleurs différentes, mais pour une raison ou pour une autre – peut-être simplement parce que le moment était venu –, Patty, contre toute attente, était tombée en arrêt devant un modèle précis parmi toutes les déclinaisons proposées. Lorsque Patty – Patty si frêle, si blonde, si mal aimée – avait vu la nuisette noire en nylon révolutionnaire, son jupon légèrement froncé bordé d'un ruché noir, son corsage croisé et ses mancherons soulignés de dentelle noire entrelacée d'un ruban de satin rose pâle, elle avait eu un coup de cœur et sans une seconde d'hésitation mis la main à la poche, au sens figuré, s'entend.

« Mettez-la-moi de côté, dit-elle à Paula, je la réglerai à la prochaine paie. »

En fait, avec la remise du personnel, elle n'était pas si chère que cela et elle avait besoin d'une chemise de nuit ; c'est vrai, se dit-elle, quand est-ce que je me suis acheté une chemise de nuit pour la dernière fois ? Et elle regarda aussi les costumes de bain en remontant aux Robes de Cocktail, mais décida de garder cela pour une autre fois. Il ne s'agit pas de perdre la tête, se dit-elle.

10

Installées sur une banquette chez Repin's, Fay Baines et son amie Myra Parker avalaient un croque-monsieur, car elles allaient au cinéma à la séance de dix-sept heures et, comme celle-ci finirait après l'heure à laquelle elles dînaient d'habitude, Myra avait décrété qu'elles devaient faire un vrai repas pour garder la ligne au lieu de s'empiffrer de glaces et de chocolats à la moitié du film pour tromper leur faim. On pouvait toujours compter sur Myra pour prendre ce genre de précautions.

Myra avait bien plus la tête sur les épaules que Fay ; elle était douée pour les aspects pratiques de la vie. Comme elle était hôtesse dans une boîte de nuit où elle travaillait également à l'accueil, elle avait droit à une indemnité d'habillement conséquente, mais elle ne profitait pas des remises dont Fay bénéficiait chez Goode's car les robes du soir du grand magasin n'étaient pas le genre de choses qu'elle cherchait, disait-elle.

« Il me faut quelque chose de plus glamour, dit-elle à Fay. Je vais voir du côté de Strand Arcade, ou peut-être de Piccadilly. »

C'était le samedi qui suivait ce lundi blême où Fay s'était trouvée devant une salade à la cantine et avait fait une impression si déplorable (quoique intéressante) sur Patty Williams, et elle n'était toujours pas au mieux de sa forme alors qu'elle avait depuis accumulé une série de bonnes nuits de sommeil. Myra prit la petite théière lourde en argenterie et se resservit ; elle se cala confortablement contre le dossier de sa chaise, alluma une cigarette et observa Fay en soufflant la fumée.

« Écoute, *baby* – Myra croisait beaucoup d'Américains dans l'exercice de ses fonctions –, je te trouve mauvaise mine aujourd'hui, tu n'es pas aussi rayonnante que d'habitude. Il y a quelque chose qui ne va pas ? »

Fay baissa les yeux sur son assiette. Que pouvait-elle dire ?

« Ça doit être la nouvelle poudre que je mets, improvisa-t-elle. Elle me donne l'air pâle, je crois.

— Dans ce cas, tu ferais mieux de ne pas la mettre, dit Myra. Il ne faut pas que tu sois pâle. Tu n'auras qu'à mettre la mienne quand tu iras aux toilettes. Tu dois te faire belle pour ce soir, hein ? »

Myra esquissa un sourire malicieux et souffla de nouveau la fumée. Elle faisait allusion à un dîner prévu avec deux hommes qu'elle avait rencontrés à la boîte de nuit.

« J'amènerai mon amie, avait-elle dit quand ils lui avaient proposé de se revoir. Elle est toujours partante – mais c'est une fille bien, n'allez pas vous faire des idées, vous deux. Fay est une fille bien. Et moi aussi, des fois que vous ne l'auriez pas remarqué.

— C'est justement pour ça qu'on veut t'inviter, avait dit le plus extraverti des deux. Pas vrai ? avait-il ajouté en donnant un coup de coude à son ami.

— Tu l'as dit ! avait renchéri celui-ci.

— Alors, rendez-vous à King's Cross, vingt heures trente, chez Lyndy's, avait dit Myra. Et ne nous faites pas attendre.

— Pas de danger ! Vingt heures trente, pile. »

Le cœur de Fay se serra. Des hommes comme ceux-là ou qui leur ressemblaient dans les grandes lignes, elle en avait connu toute sa vie d'adulte. Elle avait partagé leurs dîners, bu des gin-fizz à leurs frais et dansé dans leurs bras ; elle avait repoussé et parfois accepté leurs avances. Elle était passée par là, elle s'y était brûlé les ailes et, à présent, le courage lui manquait, mais il lui avait été impossible de décliner l'invitation : Myra l'aurait prise pour une folle.

« C'est sûr, répondit-elle à son amie. Qui sait, c'est peut-être celui que j'attends ? Il est grand ? »

Myra pensait au moins attirant des deux hommes : l'autre, elle se l'était réservé.

« Pas vraiment, dit-elle, mais il n'est pas petit. Juste moyen. Mais écoute, s'empressa-t-elle d'ajouter, je crois qu'il est riche. Je crois me souvenir qu'il avait une montre en or au poignet. Il devrait te plaire, à mon avis. C'est ton type d'homme, je crois. Tu verras bien !

— Bon d'accord, dit Fay, une minuscule lueur d'espoir et de courage frémissant dans son cœur triste. Je verrai bien.

— Bravo », répondit Myra.

11

Lisa et sa mère allaient elles aussi au cinéma ce même samedi soir ; comme d'habitude, le samedi soir.

Parfois, le père de Lisa les accompagnait ; cela dépendait. « On verra bien si ton père veut venir », dit Mrs Miles une demi-heure environ avant l'heure à laquelle il devait rentrer de l'hippodrome où il avait passé l'après-midi et dépensé Dieu sait (Mrs Miles quant à elle ne le saurait jamais) quelle part de son salaire. Elle nettoya une fois de plus les plans de travail de la cuisine à l'éponge et les rinça. Lisa était assise à la table.

« J'espère que ce travail ne te fatigue pas trop, Lesley, lui dit sa mère en l'observant attentivement. Je pensais que tu te remplumerais un peu maintenant que tes examens sont passés.

— Ça va, maman. Je vais très bien. Je me remplumerai au nouvel an, quand je ne travaillerai plus. Je passerai mes journées à la maison à lire et à me remplumer.

— C'est bien, dit Mrs Miles. Je t'achèterai du chocolat pour t'aider.

— Merci, maman », dit Lisa.

Lisa et sa mère partageaient un secret qu'elles n'avaient

évoqué que par quelques mots et quelques regards à peine : un projet terrible et caché s'était peu à peu formé, qui prévoyait qu'en cas d'obtention de la bourse du Commonwealth couvrant ses frais d'études, Lisa intégrerait l'université de Sydney à la rentrée d'une manière ou d'une autre et ce, au mépris de l'oukase paternel. Il arrivait que le secret se présente simultanément à leur esprit : il semblait alors flotter au-dessus de leurs têtes comme un nuage rose invisible nimbé d'un halo lumineux, trop beau pour être montré, trop fragile pour être nommé. Il flottait en cet instant où l'une et l'autre imaginaient Lesley ou Lisa en étudiante de première année, solide et remplumée. Mais tout d'abord, il leur fallait à l'une comme à l'autre – là encore en secret, en privé, chacune de son côté – attendre dans une angoisse insoutenable les résultats d'examen dont tout dépendait. Il leur restait trois semaines de supplice.

« Ah, voilà ton père, dit Mrs Miles. On va voir ce qu'il veut faire. »

Le *pater familias* entra dans la cuisine.

« Tiens, bonjour », dit-il.

Il ne les embrassa pas. Il resta sur le seuil, l'air plutôt content de lui, et il y avait de quoi : il avait les poches pleines de billets de cinq livres.

« Tu as passé une bonne journée, Ed ? demanda Mrs Miles – ce qui voulait dire : tu t'es bien amusé aux courses ?

— Pas mal, pas mal, répondit-il – ce qui voulait dire : j'ai gagné plus de cent livres, ce qui compense un peu les cent cinquante que j'ai perdues la semaine dernière.

— Tu veux venir avec nous au cinéma ce soir,

papa ? demanda Lisa. On peut voir… – et elle lui énuméra les différents films qui passaient dans le quartier.

— Oh, ça m'est égal, répondit-il avec exubérance. Ça m'est égal. Je vous laisse choisir, mesdames. On peut peut-être aller au restaurant chinois, avant. Qu'est-ce que vous en dites ? Lesley peut bien nous inviter, maintenant qu'elle travaille.

— Et puis quoi encore ? protesta Mrs Miles. Lesley doit mettre son argent de côté. On va dîner ici. J'ai de belles côtelettes d'agneau.

— Garde tes côtelettes, dit Mr Miles. Je plaisantais. C'est moi qui régale. Allez vous préparer toutes les deux et on y va. »

Elles coururent exécuter ses ordres, euphoriques presque : ces moments de bonne humeur étaient suffisamment rares pour être accueillis avec autant d'empressement que de gratitude. Lisa enfila sa robe rose et, quand elle se regarda dans le grand miroir de la penderie de sa mère, songea : elle n'est pas vraiment – pas tout à fait – si seulement… –, et se rendit compte que, sans qu'elle s'en aperçoive, ses deux semaines chez Goode's avaient quelque peu changé l'idée qu'elle se faisait d'une Belle Robe. Oh, et puis tant pis, je sors juste avec papa et maman, se dit-elle, ce n'est pas comme si… Et elle prit conscience que ces derniers temps, toutes sortes de possibilités se bousculaient dans son esprit, toutes sortes, et qu'à toutes sortes d'égards, la vie commençait véritablement maintenant et de manière presque tangible.

12

Magda ouvrit ses grands yeux bruns sur un temps radieux. Elle regarda son réveil : il était dix heures. Elle hésita un instant à se lever pour aller à la messe, puis elle se retourna et se rendormit. Dieu sait que j'ai encore besoin de sommeil, se dit-elle.

Magda avait un arrangement entièrement satisfaisant avec Dieu : cet arrangement était le fondement même de son art de vivre. Stefan, lui, avait un arrangement entièrement satisfaisant avec lui-même, et ce, avec les mêmes effets. Et si Magda et Stefan avaient un arrangement entièrement satisfaisant l'un avec l'autre, c'était la conséquence de multiples facteurs déterminants, dont le fait qu'ils avaient tous deux survécu à l'enfer.

Quand Magda se réveilla de nouveau, Stefan se tenait devant elle avec la cafetière et une grande tasse posée sur sa soucoupe.

« Il me vient à l'esprit, dit-il, que si je te réveille maintenant – il est onze heures, au fait –, tu as le temps d'aller à la messe de midi. Si tel est ton souhait.

— Aaah, soupira Magda avant de s'étirer. Donne-moi d'abord le café. Et puis je me pencherai sur la question. »

Elle se redressa contre l'oreiller dans un remous de bras blancs et de nuisette en satin et Stefan lui servit son café.

« Je vais chercher le mien », dit-il en sortant de la pièce.

Magda songea à la journée qui s'annonçait. Ce serait agréable de ne rien faire, puis de se promener dans un parc et de dîner au restaurant avec des amis. Stefan revint dans la chambre.

« Je n'irai pas à la messe aujourd'hui, lui annonça Magda.

— Le pape lui-même t'excuserait, dit Stefan.

— Ne parle pas ainsi de Sa Sainteté », répondit Magda avec sévérité.

Magda était slovène et Stefan, hongrois ; en leur qualité de Personnes Déplacées, à la fin de la guerre, ils s'étaient vu accorder le droit de séjour dans le Commonwealth d'Australie et c'est dans un camp de migrants, aux abords de Sydney, qu'ils s'étaient rencontrés. Ils avaient entamé la conversation d'une vie en français et, à mesure que progressait l'instruction qui leur était dispensée par le gouvernement fédéral, ils étaient peu à peu passés à l'anglais. Moins d'un an après leur arrivée en Australie, ils parlaient tous deux couramment la langue, malgré certains particularismes, et s'étaient également mis à lire avec avidité. Stefan n'avait pas tardé à se lancer dans les classiques, mais, là-dessus, Magda avait le plus grand mal à le suivre.

« Je ne peux pas m'entendre avec Shakespeare, disait-elle. Ce prince Hamlet, par exemple : il n'a pas pour moi l'étoffe d'un héros. »

Leur langue commune fut bientôt émaillée de

diverses expressions désuètes sorties des pages de Hardy ou de Dickens qui, par l'intermédiaire de Stefan, avaient fini par se faufiler dans le discours de Magda et parfois même celui de leurs nombreux amis hongrois qui, en présence du moins de Magda, parlaient généralement en anglais.

Ils s'accordaient tous à dire de façon sardonique que si la guerre – et plus récemment la révolution – et le sort qu'ils avaient connu en conséquence étaient un lourd tribut à payer, ils étaient et seraient toujours reconnaissants d'avoir pu acquérir « cette langue merveilleuse », et il leur arrivait encore de rire avec délice en découvrant quelque nouvelle expression idiomatique. « Cochon qui s'en dédit ! » s'exclamaient-ils ainsi ; et ils criaient de plaisir comme, peut-être, leurs ancêtres magyars lorsqu'ils chevauchaient leurs fougueuses montures dans l'immense et fertile plaine hongroise.

13

À neuf heures du matin, le troisième lundi de décembre, le grand magasin Goode's ouvrit ses grandes portes vitrées en acajou à des hordes de ménagères matinales déterminées à poursuivre leur campagne d'achats de Noël. Des pentes boisées des banlieues salubres de North Shore aux stucs charmants des banlieues est, du raffinement suranné de celles de l'ouest à la *terra incognita* de celles du sud, elles étaient venues en train, en bus, en tramway et même en taxi sur les lieux de cette ultime frénésie. Il restait des cadeaux à choisir pour certains parents difficiles, des vêtements à racheter pour leurs enfants devenus gigantesques, et même des robes à trouver pour elles et des souliers pour aller avec celles-ci : tout ou presque restait à faire et elles étaient bien décidées à s'acquitter de cette tâche.

Miss Jacobs se tenait à son poste, prête à tout, son mètre ruban drapé autour du cou et ses épingles à portée de main. Qu'elles viennent : elle serait comme un roc dans la tempête.

Mr Ryder passa devant elle.

« Tout est en ordre, Miss Jacobs ? lança-t-il. Prête pour l'émeute ? »

« Je ne vois pas pourquoi il parle d'"émeute", dit Miss Jacobs à Lisa. La dernière semaine avant Noël, il y a beaucoup d'affluence, forcément. Je ne vois pas pourquoi il parle d'"émeute". »

Cette année, Noël tombait le mardi de la semaine suivante.

« Et surtout, Lisa, poursuivit Miss Jacobs, dites-leur bien que si elles veulent que les retouches soient prêtes avant Noël, nous ne pouvons faire que les ourlets, et pas reprendre les coutures, et qu'après mercredi, elles auront beau dire tout ce qu'elles voudront, nous ne pourrons pas non plus faire les ourlets. Étant donné les fêtes, à partir de mercredi, leurs retouches ne seront prêtes qu'après le nouvel an.

— Entendu, je leur dirai, répondit Lisa.

— Je vais également le rappeler à Miss Baines et à Mrs Williams », ajouta Miss Jacobs.

Ces dernières étaient occupées par la mise en place et Patty jacassait, décrivant à Fay les défauts de son costume de bain de la collection de l'année précédente, tels qu'ils étaient apparus la veille à Coogie Beach.

« Il a un élastique, là, expliquait-elle en traçant une ligne en travers d'une partie de son anatomie. Mais l'élastique est en train de lâcher et, de toute façon, il est délavé. Je crois que je vais m'en racheter un nouveau. De toute manière, on a besoin de deux maillots. Il m'en faut un autre. Je crois que je vais en prendre un en lastex de satin. Je verrai. Pour une fois, je vais profiter de ma prime de Noël pour me faire plaisir. »

Comme si on lui avait jamais suggéré autre chose. Le mercredi suivant était jour de paie : elle aurait son salaire de la quinzaine, plus la prime, et elle réglerait sa nuisette et pourrait aussi s'offrir un nouveau costume de bain, et tant pis pour la Bank of South Wales. Elle avait déjà acheté tous les cadeaux de Noël. « Nous allons tous chez maman, à Noël, dit-elle à Fay. Comme d'habitude. Et vous, que faites-vous ? »

C'était là un sujet délicat, pour ne pas dire triste. Fay n'avait pas le temps de descendre à Melbourne, chez son frère, quand bien même elle en aurait eu envie. Si elle n'acceptait pas l'invitation de Myra qui lui proposait de l'accompagner chez ses parents, qui étaient partis à la retraite vivre dans une petite maison en fibrociment de Blackheath, dans les Blue Mountains, elle serait donc toute seule et, la chose étant inimaginable, elle savait déjà sans vouloir l'admettre qu'elle irait à Blackheath.

« Ça nous fera une coupure, avait dit Myra. On pourra rester jusqu'au mardi et prendre le Fish pour rentrer, tu seras de retour largement à temps pour ton travail. »

Aux yeux de Fay, seule l'idée de prendre le Fish, ce train légendaire, rendait la perspective du voyage supportable.

« Je vais dans les Blue Mountains, avec mon amie Myra, dit-elle à Patty. Je resterai jusqu'au mardi matin et je rentrerai par le Fish.

— Tant mieux, dit Patty. Vous serez bien là-bas, vous aurez un peu de fraîcheur. »

Et ça ne te fera pas de mal de prendre quelques jours de congé, pensa-t-elle, tu es en piteux état ; quand je pense à tous ces hommes dont tu nous rebats les oreilles. Peut-être est-elle réellement enceinte, se dit-elle : humm, enfin bon, cela ne me regarde pas.

Magda laissa en paix une dernière journée ses sœurs tout de noir vêtues, puis elle frappa. De bonne heure, le mardi matin, elle émergea de sa grotte rose et foula la moquette d'un pas majestueux en se dirigeant droit sur les Robes de Cocktail.

« Bonjour mesdames, s'écria-t-elle joyeusement. J'espère que vous n'êtes pas trop débordées cette semaine, car je vais vous voler votre petite écolière de temps en temps. J'ai parlé à Miss Cartright et elle me dit que je peux vous emprunter votre Lisa pour quelques matinées, quelques après-midi ; vous le remarquerez à peine. »

Ou si peu, songea-t-elle, sinon que vous serez obligées d'aller vous-même à la réserve, ce qui vous fera le plus grand bien, au lieu d'envoyer la petite Lisa chaque fois et pour la moindre commission qui nécessite deux jambes.

« Eh bien, dit Miss Jacobs, si c'est ce que dit Miss Cartright, je ne vais pas discuter avec vous. »

Patty avait l'air offusqué, comme souvent en présence de Magda, et Fay avait l'œil torve.

« Voulez-vous que je vienne tout de suite ? demanda Lisa.

— Ce serait très aimable à vous, dit Magda. Je vais vous montrer comment nous travaillons aux Modèles Haute Couture, vous aurez beaucoup à apprendre, et ensuite nous verrons. »

Lisa sortit de derrière le comptoir du rayon des Robes de Cocktail, jeta un coup d'œil à ses collègues en haussant les épaules comme pour s'excuser, puis suivit Magda sous l'arche qui marquait l'entrée du sanctuaire, et Miss Jacobs, Mrs Williams et Miss Baines ne la revirent qu'après que le soleil fut passé au méridien, que douze robes de cocktail eurent été vendues et trois expéditions effectuées à la réserve, deux par Miss Baines et une par Mrs Williams qui ne cessait de geindre.

14

« Bien, Lisa, dit Magda en tendant un bras gracieux, voici les Modèles Haute Couture. Au fait, savez-vous ce qu'est un Modèle Haute Couture ?

— En fait, pas vraiment, répondit Lisa. Je ne suis pas sûre…

— Très bien, dit Magda, je vais vous expliquer. Ces robes sont toutes uniques. Il n'y en a pas d'autres comme elles dans toute la ville. Enfin, si vous alliez chez Focher, peut-être vous en trouveriez une ou deux, je ne sais pas, cette femme est capable de tout, mais en ce qui nous concerne, il ne peut pas y en avoir de pareilles à Sydney. Une femme qui achète une de ces robes sait qu'elle n'en croisera pas une autre qui porte la même, ce qui est un terrible désastre pour une femme, même si la robe lui va mieux qu'à sa rivale. En quelque sorte. Nous avons donc le droit exclusif de vendre la robe à Sydney. Vous la trouverez peut-être chez George's à Melbourne, c'est tout. Mais qui va à Melbourne ? N'est-ce pas ?

— Oui, dit Lisa, déconcertée. Je vois.

— Et tout le stock est là. Nous n'avons pas plusieurs tailles du même modèle, poursuivit Magda, car dans ce cas naturellement la robe ne serait plus unique. Vous comprenez ? »

Lisa acquiesça d'un signe de tête et contempla les robes alignées autour d'elle, dont les bordures de taffetas et de mousseline de soie l'environnaient d'une écume de lumière.

« Et maintenant nous allons peut-être regarder quelques-unes de ces robes, dit Magda, et vous verrez ce qu'est un Modèle Haute Couture. Voyons voir. Nous avons nos robes de jour ici, et nos costumes, nos tailleurs diriez-vous sans doute, tenez ici par exemple, ce lin irlandais, c'est un Hardy Amies, si bien coupé, j'aimerais l'avoir pour moi, mais d'un autre côté, le style anglais n'est pas ce qui me va le mieux, c'est pour les femmes minces qui n'ont pas de hanches, je ne comprends pas pourquoi, les Anglaises sont toutes faites en forme de poire. Enfin. Cela ne m'importe pas. Les Français, eux, ils taillent pour les vraies femmes, avec des hanches et de la poitrine, mais ils leur donnent l'air minces malgré tout : c'est tout un art. Personne ne peut les égaler, mon Dieu, quelle civilisation remarquable. J'espère que vous avez appris le français dans votre école ?

— Oui, oui, répondit Lisa, j'ai choisi le français pour mon diplôme de fin d'études.

— *C'est bien*, dit Magda. *Nous parlerons quelquefois français, non* ?*

— *Je lis un peu*, dit Lisa, *je ne parle pas bien**.

— Vous allez voir des robes du soir françaises, *en tout cas**, dit Magda, ce qui vous intéressera je suppose, plus que les costumes ou les robes de jour. Pour *une jeune fille**, du romantique. Et nous avons aussi des anglaises, bien sûr, elles ne sont pas mal, vous me direz ce que vous en pensez. Là, c'est Hartnell, le couturier de la reine comme vous le savez, Amies, de nouveau, lui aussi il confectionne pour la reine, et là, c'est une Charles James – *magnifique**. Et voici des françaises, vous voyez – Jacques Fath, ravissante, une petite Chanel, elle est tellement spirituelle, cette femme, et le grand Dior. Qui peut l'égaler ? »

Lisa écarquillait les yeux, plus décontenancée que jamais ; elle commençait à avoir le tournis. Il lui était apparu ces derniers temps que le vêtement était peut-être davantage qu'une simple protection plus ou moins à la mode : qu'il avait peut-être d'autres significations. Ce qui lui apparaissait maintenant, mais d'une façon vague et très étrange, très soudaine, c'était une signification qu'elle n'aurait jamais pu soupçonner auparavant : ce qui lui apparaissait maintenant, mais d'une façon vague, étrange et si soudaine, c'était que le vêtement était peut-être – pour ainsi dire – un art. Car ces robes que Magda nommait en les offrant brièvement à son regard semblaient chacune être enveloppées d'une aura magique d'indépendance ou même d'une sorte de fierté ; son intelligence vive malgré toute son ignorance voyait en chacune d'elles – c'en était stupéfiant – un poème.

« Mince alors », dit-elle.

Elle tendit doucement une main hésitante et toucha la jupe à plusieurs épaisseurs d'une robe du soir claire.

« Elles coûtent très cher ? demanda-t-elle, les yeux ronds et craintifs.

— Holà ! s'esclaffa Magda. Ah ! Elles ont intérêt à coûter cher. Mon Dieu ! Vous verrez mon livre d'inventaire dans un petit instant et alors vous comprendrez. Mais avec une telle robe, le prix, comme vous le découvrirez peut-être un jour, fait partie du charme. Maintenant, je vais vous dire autre chose, une ou deux choses, et puis il vaudra mieux que vous retourniez chez ces dames des Robes de Cocktail et, plus tard, je reparlerai à Miss Cartright et je lui suggérerai que vous veniez me voir le matin, quand il n'y a pas trop de monde ici, pour m'aider à faire quelque chose que je vais vous expliquer. »

Sur ce, elle la conduisit à la table Louis XVI et ouvrit le tiroir.

« *Voilà**! lança-t-elle. C'est mon livre d'inventaire. Bon. Comme vous le savez, ces abominables soldes commencent le 2 janvier et moi aussi je dois solder mon stock. Alors, il est temps de le vérifier. Là, vous voyez, sont répertoriées toutes mes robes, leur nom, leur prix de gros et leur prix de vente, et vous aurez l'amabilité de faire une petite étiquette pour chaque robe qui n'est pas encore vendue – vous voyez, nous faisons une croix dans la dernière colonne ici quand une robe est vendue – avec le prix dessus et, quand vous aurez fini, nous passerons le stock en revue et je déciderai du prix soldé, selon que la robe est ici depuis plus ou moins de temps, son état et ainsi de suite. Puis vous marquerez le prix soldé sous l'ancien prix pour que les dames sachent que c'est une très, très bonne affaire. Et tout d'abord, vous rangerez toutes les robes de chaque rayon dans le même ordre que dans le livre d'inventaire, vous voyez, ce qui sera plus pratique, nous saurons où nous en sommes. Et bien sûr, vous veillerez toujours à avoir les mains propres avant de venir ici et de toucher ces robes si chères, *ma petite**. D'accord ? »

Et elle sourit gaiement en se disant que c'était un plaisir d'avoir une petite assistante, même une petite écolière toute pâle et maigrichonne comme Lisa qui n'y connaissait rien ; c'était même un plaisir de prendre sous son aile une fillette aussi ignorante, car elle, Magda, pouvait tout lui apprendre, et soudain, elle, Magda, mesura combien il était agréable de donner des ordres, de remplir goutte à goutte une tête vide de précieuses connaissances : coupe, style, élégance ; Amies, Fath, Dior.

15

« Je vais aider Magda le matin, maman.

— Magda ? C'est qui Magda ? demanda Mrs Miles.

— Tu sais, Magda. Elle est responsable des Modèles Haute Couture ; je te l'ai dit.

— Les Modèles Haute Couture ? C'est quoi au juste, les Modèles Haute Couture ? demanda Mrs Miles. Je croyais qu'il n'y avait que des Modèles Haute Couture chez Goode's. Avec les prix qu'ils pratiquent.

— Non, non, dit Lisa. Les autres modèles de Goode's ne sont pas Haute Couture, ils sont proposés dans toutes les tailles, n'importe qui peut les acheter.

— Faut-il encore avoir les moyens, dit Mrs Miles. Je suis sûre que je ne les ai pas.

— Non, mais..., poursuivit Lisa, les robes Haute Couture sont uniques. Il n'y en a qu'un exemplaire de chaque et elles viennent de France ou d'Angleterre, et si tu en as une, tu es sûre que personne d'autre ne l'aura, parce que c'est la seule de Sydney.

— Je sais, oui, dit Mrs Miles. La seule. Eh bien, personne d'autre n'a les mêmes vêtements que toi, à part tes anciennes blouses d'écolière, parce que c'est moi qui te les confectionne, si bien qu'ils sont uniques, eux aussi, non ?

— Euh, oui, dit Lisa, oui, je suppose…

— Il n'est pas question de supposition, dit sa mère, c'est un fait. La robe rose que je t'ai faite, si tu la trouvais dans le commerce, tu la paierais au moins cinq ou six livres, je pense, mais tu ne la trouveras pas.

— Oui, mais les Modèles Haute Couture sont surtout des robes du soir.

— Ah, des robes du soir. Je comprends, dit Mrs Miles. Pour les bals, les occasions de ce genre. Là, c'est autre chose. Si tu voulais aller à un bal, je pourrais peut-être m'y essayer. »

Et elle fut prise de vertige à l'idée de confectionner une robe du soir, pour un bal, évidemment elle ferait de son mieux, elle essaierait réellement de faire de son mieux pour habiller sa fille si elle devait aller à un bal. Enfin, bon.

« Mais tu n'en es pas encore là, alors, pour l'instant, inutile de s'inquiéter, n'est-ce pas ? » demanda-t-elle d'un ton enjoué.

Mais au moment où elle prononçait ces mots, elles eurent la même pensée affreuse : le secret s'éleva soudain en un nuage rose qui flotta au-dessus de leurs têtes, près du plafond de la cuisine.

Si Lesley doit vraiment aller à l'université, se dit Mrs Miles, il est probable qu'elle assistera à des bals, Dieu sait ce qu'elle fera. Les tenues ! Avec toutes les autres étudiantes – des filles de médecins, d'avocats, d'hommes d'affaires : des filles riches, avec des vêtements à n'en savoir que faire, des vêtements achetés chez Goode's, par exemple –, ce serait un cauchemar de suivre le mouvement. Lesley s'était développée si lentement, elle avait mené une vie si simple, jusque-là – elle n'était quasiment jamais sortie avec un garçon ; juste quelques jeunes gens qu'elle traitait de lavettes, des jeunes gens à qui elle se moquait de faire de l'effet. Qu'en serait-il quand elle entrerait à l'université et en rencontrerait d'autres, qui eux ne seraient pas des lavettes – enfin bon. Il lui faudrait juste faire de son mieux. Elles verraient bien.

« Non, mais le jour où je devrai assister à un bal, dit Lisa, j'aurai l'argent que j'aurai mis de côté en travaillant chez Goode's. Je pourrai m'acheter quelque chose, au lieu de t'embêter avec ça.

— C'est vrai, dit sa mère, j'avais oublié. Tu pourras t'acheter un Modèle Haute Couture avec cet argent. Ça t'ira à ravir. »

Elles se mirent à rire et Lisa se leva d'un bond, prit sa mère par le bras et elles dansèrent tout autour de la pièce en chantant.

Volare, oh, oh !
Cantare, oh, oh, oh, oh !

Tout finira par s'arranger, songea Mrs Miles ; et ma Lesley ira au bal.

16

Ce fut dès le lendemain matin que Lisa vit La Robe.

Elle s'était attelée à la tâche dont lui avait parlé Magda et qui consistait à cocher les articles en rayon sur l'inventaire et à les ranger dans l'ordre où ils apparaissaient sur la liste pour que Magda puisse les passer rapidement en revue et décider du prix auquel ils seraient soldés. Elle avait réussi à retrouver et à remettre en place cinq ou six des robes du soir mi-longues accrochées ensemble sur leurs cintres revêtus de satin dans un placard d'acajou ouvert et cherchait à présent parmi celles qui n'étaient pas encore triées le modèle dit Tara, décrit dans l'inventaire comme étant un modèle noir et blanc en taffetas de soie de chez Creed.

Elle faisait délicatement glisser chaque cintre pour inspecter le Modèle Haute Couture qui se trouvait derrière, tombant tantôt sur Laura, tantôt sur Rosy, tantôt sur Minuit, mais toujours pas sur Tara, quand soudain – alors qu'elle écartait Minuit pour faire de la place – s'imposa à son regard la vision – magique coïncidence – de Lisette.

Née de l'imagination d'une grande couturière, avec ce mélange précis d'insouciance et de romantisme, de sophistication et de simplicité que seul l'esprit d'une femme peut engendrer, Lisette était la quintessence même de la robe du soir de jeune fille : un tourbillon d'organza blanc parsemé de petits pois rouges, avec un décolleté, un corsage moulant, de grands falbalas sur les épaules, joliment bordés d'un liseré de soie rouge, et une jupe froncée à trois volants, dont le plus long devait arriver à une vingtaine de centimètres du sol, pour mieux dévoiler le galbe d'une jambe, la délicatesse d'une cheville. Cela donnait un effet de contraste, où les minuscules points étaient soulignés par de fines rayures et la gaieté du carmin rehaussée par la candeur du blanc ; l'étoffe soyeuse miroitait légèrement.

Lisa ne se lassait pas de l'admirer. Elle vivait pour la première fois ce coup de foudre qui frappe généralement les femmes bien plus tôt dans l'existence, mais que toutes connaissent tôt ou tard : la certitude soudaine qu'une robe particulière est non seulement jolie, qu'elle est non seulement seyante, mais qu'au-delà de ces attributs indispensables, elle répond à l'idée la plus intime que l'on a de soi. C'était sa robe : elle avait été faite pour elle, si involontairement soit-il.

Elle resta là un long moment, la buvant des yeux. La rencontre était vaguement, étrangement similaire à sa première rencontre avec le Tygre. Elle la contempla avec émerveillement puis, dans un déchirement, elle écarta lentement le cintre et se remit en quête de Tara.

17

Miss Jacobs, Mrs Williams, Miss Baines et Miss Miles venaient de recevoir l'enveloppe de leur salaire, auquel s'ajoutait la prime de Noël, et chacune d'elles songeait, non sans éprouver de fort plaisantes sensations, à la manière dont elle allait disposer de ces fonds supplémentaires. La nature des contemplations de Miss Jacobs est vouée à demeurer à jamais un mystère ; celles de Lisa se devinent aisément ; celles de Fay, un peu moins facilement, peut-être ; quant à celles de Patty, nous les connaissons.

« Je vais me changer pour aller voir les maillots de bain, annonça-t-elle à Fay à l'heure du déjeuner, et puis deux trois petites choses, je vous retrouve peut-être à la cantine tout à l'heure, ou pas, je vais peut-être devoir sauter le déjeuner, aujourd'hui. »

Cela ne lui ressemblait pas, mais elle n'avait pas parlé de la nuisette noire à qui que ce soit : c'était son secret. Si ce n'est à Paula, évidemment. Elle allait se changer très rapidement, descendre en vitesse à la Lingerie et... non, se dit-elle, je vais passer d'abord aux maillots, parce que je ne veux pas qu'on me voie avec un paquet de la Lingerie (où l'on se servait d'un papier particulier à motif de dentelles et de rubans), parce qu'on pourrait deviner ce qu'il contient ou me le demander. Je vais d'abord aller voir les maillots.

Le résultat fut qu'elle passa un temps fou à essayer des costumes de bain et se trouva soudain si affamée qu'elle se dit : comme je n'ai pas le temps d'aller chercher ma nuisette et de déjeuner, je la prendrai demain ; et c'est ainsi qu'elle finit par rentrer chez elle le vendredi soir qui précédait Noël avec un paquet du rayon Lingerie de Goode's contenant une nuisette noire en nylon ornée de rubans de satin rose, taille 36.

Le soleil brillait constamment depuis plusieurs semaines, au cours desquelles la température n'avait cessé de grimper régulièrement, inexorablement, et dans la grande ville, chaque mur, chaque trottoir, chaque toit était imbibé de chaleur. Les gens circulaient lentement dans l'atmosphère étouffante, les yeux plissés pour ne pas être aveuglés ; l'esprit réduit à un état d'apathie débilitante, dès qu'ils le pouvaient, ils dirigeaient leurs pas alanguis vers toutes les formes d'eau qui se présentaient : ils allaient à la plage, à la piscine, sous leur douche, et s'immergeaient jusqu'à ce que ce soleil inouï ait disparu à l'horizon et la nuit étendu son baume sur leurs sens agressés. Le vendredi soir précédant Noël, Patty arriva à Randwick juste avant que cette bénédiction tombe enfin.

J'ai combien de temps avant que Frank ne rentre, se demanda-t-elle ; comme on est vendredi soir, il va se prendre une cuite et ne sera sans doute pas à la maison avant dix-neuf heures, environ : j'ai donc le temps de passer un bon moment sous la douche. Elle ôta ses vêtements tout poisseux, alla dans la salle de bains et fit couler l'eau. Une fois sous le jet, elle se laissa aller à cet état primitif, cette sérénité empreinte de sensualité innocente que seule procure l'immersion dans l'eau, et ce ne fut qu'un bon quart d'heure plus tard qu'elle referma les robinets. Elle s'était lavé les cheveux ; comme ils avaient repoussé, son indéfrisable s'était presque estompée et les mèches pendaient autour de son petit visage. Quand elle revint dans la chambre, son regard se posa sur le mystérieux paquet qui renfermait sa nuisette et elle se dit : je sais, je vais l'essayer tout de suite pour voir l'effet qu'elle donne sur moi. Et c'est ce qu'elle fit.

Elle resta un long moment à se contempler dans le grand miroir de la porte de la penderie, car elle avait peine à croire que la vision qui s'offrait à ses yeux était réelle. « Mince, s'exclama-t-elle. Mince alors ! »

Plutôt crever, se dit Frank, que d'aller au pub ce soir avec eux tous et les écouter débiter d'autres conneries sur leurs fichus mouflets. Ça devenait incontrôlable : certains gars – et pas peu fiers, avec ça – commençaient même à sortir des photos de leurs rejetons : « Voilà ma petite Cheryl, elle a les cheveux bouclés, hein ? Elle tient ça de moi... » Frank préférait crever que d'avoir à écouter ça et au pub, qui plus est. Ce soir-là, il s'en alla donc de mauvaise humeur – « J'ai des trucs à faire. À lundi, les gars ! » Et ni une ni deux, alla dans un autre pub, de l'autre côté de la gare, un petit bar qu'il avait vaguement remarqué longtemps auparavant, entra et commanda un whisky. J'ai envie d'un whisky, se dit-il ; un whisky, voilà ce qu'il me faut.

« Écossais ou australien ? » demanda la barmaid.

Bon, on va quand même garder les pieds sur terre, se dit Frank.

« Australien, ça me va très bien, dit-il à la barmaid.

— Ça marche », répondit-elle, et elle lui servit une dose de whisky australien.

Frank, qui était habitué à boire de la bière, le descendit d'un trait.

« La même chose ! » lança-t-il.

Au bout d'un certain temps, il ressortit dans la rue et retrouva tant bien que mal son arrêt de tramway ; la ligne était desservie par un tramway à l'ancienne, avec banquettes en bois et portières de chaque côté, et il fit le chemin de retour en ballottant dans des brumes de whisky et d'angoisse inarticulée. Qu'est-ce qu'on mange ce soir, se demandait-il.

Patty tournait le dos à la porte de la chambre et n'avait entendu qu'à moitié la clé de Frank tourner dans la serrure. Ça doit être Frank, se dit-elle, je ferais mieux de me rendre présentable, et elle ouvrit la porte de la penderie – se retrouvant nez à nez avec le reflet vêtu de noir transparent auquel elle n'était pas encore habituée – pour prendre sa robe de chambre. C'est alors que derrière son reflet apparut soudain la silhouette de son mari qui se tenait sur le seuil de la chambre.

« Qu'est-ce que tu fais là ? lui demanda-t-il.

— Je... je prends juste ma robe de chambre, répondit Patty.

— Déjà en chemise de nuit ? demanda Frank qui jaugeait à présent assez précisément la tenue de Patty. Ce n'est pas un peu tôt ?

— Non, pas vraiment. C'est une nouvelle. Je l'essayais, c'est tout. Je vais l'enlever.

— Je m'en charge», dit Frank.

Et il s'approcha de Patty, qui s'était détournée de la penderie et de son reflet, et resta planté quelques secondes devant elle, puis, avec beaucoup de précautions, il lui mit les bras autour de la taille, saisit un pan de la nuisette en nylon noir dans chaque main et la passa au-dessus de la tête mouillée de sa femme. Son haleine sentait légèrement le whisky mais Patty ne dit rien. Frank balança la nuisette et lui toucha les seins. Il inclina imperceptiblement la tête vers le lit et Patty s'en approcha avec hésitation.

«Je crois que je vais me déshabiller aussi», dit-il.

18

«Je pense que je vais inviter la petite Lisa à déjeuner ici demain après avoir fini au magasin, dit Magda à Stefan. Qu'en penses-tu ? Tu aimerais faire la connaissance d'une petite écolière australienne ? Un bas-bleu qui n'a ni classe ni beauté, mais elle est charmante, extrêmement bien élevée et pour ainsi dire adorable de naïveté.

— Qu'est-ce que tu mijotes, ma Magda ? demanda son mari. Que manigances-tu dans ta cervelle balkanique ? Depuis quand t'intéresses-tu aux petites écolières australiennes ? D'autant qu'elle n'est pas jolie, me dis-tu ?

— Je n'ai pas dit qu'elle n'était pas jolie – même si c'est effectivement le cas –, je dis qu'elle n'est pas belle. Tu connais parfaitement bien la différence. Je ne l'aimerais pas davantage si elle était jolie, mais en fait elle sera jolie : je ferai en sorte qu'elle le devienne. Jeune, n'importe qui peut être joli et doit être joli, moyennant quelques petits arrangements, si nécessaire. Autrement, c'est un désastre, d'être jeune, ou du moins une perte de temps.

— Ah, donc d'une buse tu vas faire un épervier, c'est ça ?»

Et Stefan rit de bon cœur.

« Tu peux rire, allez, ris comme une baleine – Stefan redoubla d'hilarité –, mais je ne vois pas ce qu'il y a de si drôle. Pour une fois dans ma vie, je fais une bonne action, je ne vois pas en quoi c'est comique.

— Non, autrement, cela cesserait de l'être, dit Stefan en pouffant de rire. Eh bien, Magda, ma beauté, invite donc ta petite écolière à venir ici si ceux qui l'ont si bien élevée le lui permettent – ce dont je doute fort –, je t'assure que tu auras tout mon soutien. Tu sais que je suis en faveur de toute entreprise qui vise à la beauté.

— Je n'ai pas dit que j'allais la rendre belle, dit Magda. J'ai dit jolie. Ne me fais pas plus bête que je ne suis, s'il te plaît.

— Tu n'es pas du tout bête, dit Stefan. Je me rappellerai que tu as dit jolie. Néanmoins, je préférerais peut-être la rencontrer une fois que tu l'auras rendue jolie.

— Ne sois pas ridicule, dit Magda. Et en supposant qu'elle peut venir, tu veux bien aller chez le bon traiteur de Cremone Junction demain matin et nous acheter de quoi bien manger ? Prends du pain de seigle, et aussi du noir, et puis du fromage frais s'il est très frais, du bon jambon... »

Stefan l'interrompit : « Je n'ai pas besoin de liste pour faire les courses, mon ange, dit-il. Ah mais !... et il se frappa soudain la tête de sa large main. On oubliait ! Rudi vient demain !

— Ah oui, dit Magda. Mais nous ne savons pas quand. Il viendra très probablement bien plus tard – sait-on jamais avec Rudi. C'est sans importance de toute façon. Un Hongrois de plus ou de moins, qu'est-ce que ça change ? Nous mangerons, nous parlerons. Si Rudi est abominable, nous irons nous promener, Lisa et moi. Tout s'arrangera tout seul. »

Rudi qui avait immigré relativement récemment – après la révolution – était le cousin de la femme d'un des anciens clients de Stefan : ce dernier était comptable dans un cabinet modeste mais prospère qui exerçait auprès de la colonie des immigrés de Sydney. L'ancien client – le cousin par alliance de Rudi – s'étant installé à Melbourne quelques années auparavant, Rudi avait tout d'abord essayé de vivre dans la capitale, mais il en avait rapidement conclu que Sydney devait être davantage à son goût et s'apprêtait à se lancer sur ses étincelantes étendues bleues.

« J'en ai jusque-là de Melbourne », avait-il annoncé après avoir passé trois mois dans la ville, indiquant un point situé à une trentaine de centimètres au-dessus de sa tête.

Magda et Stefan l'avaient rencontré à plusieurs reprises lorsqu'il était venu en éclaireur à Sydney : à présent qu'il avait débarqué avec armes et bagages pour s'y installer, ils avaient entrepris de le présenter à tout le monde, de l'aider à trouver un appartement et, d'une manière générale, de le soutenir moralement si nécessaire. La question de l'emploi avait déjà été réglée, pour le moment du moins : il allait travailler pour l'ancien associé du cousin par alliance dans son entreprise d'import-export.

« C'est un travail ennuyeux, l'avait prévenu l'ancien associé, et mal payé, mais de la fenêtre de mon bureau, il y a une vue magnifique sur Darling Harbour, et je vous autorise à venir l'admirer aussi souvent que vous le souhaitez, jusqu'à cinq minutes par jour au maximum.

— Qui pourrait résister, et moi encore moins, à une offre aussi généreuse ? avait répondu Rudi. Vous pouvez compter sur moi le premier jour du nouvel an.

— Le deuxième, c'est préférable, avait dit son futur employeur, le premier est férié, ici, et ce serait illégal de vous faire travailler ce jour-là.

— À moins de me payer une fois et demie de plus, avait dit Rudi.

— Précisément, avait dit son cicérone. Je vous attends donc le 2 au matin, à neuf heures pile. »

19

Lorsque le vendredi soir précédant Noël, Fay sortit de chez Goode's par l'Entrée du Personnel avec sa paie assortie de la prime dans son sac à main, elle songea : je devrais m'acheter une nouvelle tenue, ça me remonterait peut-être le moral. Elle éprouvait une affreuse lassitude, qui était peut-être simplement due à la chaleur se disait-elle ; mais elle ne se rappelait pas avoir été à ce point affectée par la chaleur. C'est juste que j'ai un peu le cafard, se dit-elle. Ça ira mieux une fois que Noël sera passé. Et elle se surprit à penser que Noël était une épreuve et se demanda : mais qu'est-ce qui m'arrive ? Elle s'efforça alors d'envisager le prochain Noël comme un plaisir, une perspective réjouissante – avec les parents de Myra, son frère, sa sœur et leurs familles, qui viendraient le jour même de Noël de Penrith pour les uns et de Kurrajong pour les autres – si les Parker avaient décidé de passer leur retraite dans les Blue Mountains, c'était en partie pour se rapprocher de leurs petits-enfants –, et elle se dit plus on est de fous plus on rit. Et elle se réconforta un peu plus en songeant au voyage de retour à bord du Fish. Il faudrait que je m'achète une nouvelle robe pour le jour de Noël, se dit-elle. Ça me remonterait peut-être le moral. Mais elle n'aurait pas vraiment le temps de chercher. Tant pis, une autre fois. Je vais garder mon argent pour les soldes. La blanc et bleu fera l'affaire. Elle date seulement de la dernière saison.

Fay avait fait une prouesse : elle avait décommandé tous les engagements prévus le week-end (la montre en or l'avait invitée à sortir – je sais qu'il n'y a qu'une chose qui l'intéresse, avait-elle dit à Myra – et Myra elle-même voulait qu'elle l'accompagne à une soirée) et décidé de ne rien faire. Elle resterait chez elle, ferait sa lessive et le ménage dans l'appartement, puis se laverait les cheveux et se ferait une mise en plis. Elle lirait *The Women's Weekly* et, si elle l'avait fini, elle lirait un livre. Elle l'avait sur elle ; Lisa le lui avait prêté. Lisa le lisait à la cantine et Fay lui avait dit : il est bien ? Et Lisa lui avait dit oui, il est extraordinaire. Je suis en train de le terminer. Vous voulez que je vous le prête ? D'accord, avait répondu Fay par politesse. Comment s'appelle-t-il ? *Anna Karénine*, avait dit Lisa en le levant pour que Fay puisse voir le titre imprimé sur la couverture.

20

« Lisa, dit Fay. Je crois que Magda veut vous parler. »

Magda roulait effectivement de grands yeux éloquents par-delà l'étendue de plusieurs mètres qui séparait les Modèles Haute Couture des Robes de Cocktail. Lisa regarda de l'autre côté du gouffre et Magda lui fit signe ; la jeune fille se précipita vers elle. N'avait-elle pas achevé la tâche qui lui avait été assignée la veille ? Elle préférait ne pas penser à la froideur de glace qui s'emparerait de Mrs Williams et peut-être aussi de Miss Jacobs et même de Miss Baines si jamais elle les abandonnait une fois de plus alors qu'elles étaient débordées ce matin-là.

« Lisa, mon petit, dit Magda. Je ne vous retiendrai pas longtemps. J'aimerais seulement vous inviter à déjeuner aujourd'hui si vous n'avez rien de plus amusant à faire. Je vous ai tellement décrite à mon mari qu'il a hâte de vous rencontrer, ce sera très simple, nous ne nous embarrassons pas de grande cuisine le samedi – pfff ! –, c'est la fin d'une longue semaine – un peu de saucisson, un verre de vin, quelques cerises –, faites-nous le plaisir de votre compagnie, je vous prie ! »

Lisa fut transportée de joie ; elle en bredouillait.

« Il faut que je demande à ma mère, dit-elle. Enfin, il faut que je la prévienne.

— Mais naturellement ! s'écria Magda. J'y ai pensé ! Voilà quatre pennies, j'en garde toujours dans mon bureau en cas de besoin, courez vite aux cabines téléphoniques là-bas pour appeler votre mère et lui demander la permission, je vous prie. Vous savez que nous habitons à Mosman, vous n'aurez pas de mal à trouver votre chemin pour rentrer, n'est-ce pas ? Ce n'est pas si loin. Dépêchez-vous, ces dames ne s'apercevront de rien, et dites-moi ce qu'en pense votre mère. Et présentez-lui d'abord mes hommages, je vous prie. »

Fay observait la scène sans entendre ce qui se disait et s'interrogeait. Cette Magda était si fascinante et effrayante à la fois. Mais Lisa n'avait pas l'air de la trouver effrayante ; impressionnante, peut-être, mais pas effrayante. Elle semblait apprécier les moments passés aux côtés de Magda ; elle revenait de ses séjours aux Modèles Haute Couture dans un état quasiment euphorique.

« Il y a des robes de Paris, là-bas, leur avait-elle dit, et de Londres. Des robes magnifiques, absolument magnifiques. Vous devriez aller voir. Ça ne dérangerait pas Magda. »

Comme si elles avaient envie d'aller voir !

« Je ne veux pas voir des robes de Paris et de Londres, dit Patty Williams. J'ai bien assez à faire avec les robes de Sydney et Melbourne. »

Mais Fay, qui était restée sans voix, se dit mince alors. J'aimerais bien aller voir ces robes. J'irai peut-être, tout à l'heure ; ou un jour. Peut-être ressemblent-elles aux robes qu'on voit dans les magazines. Mince alors, vous imaginez un peu, porter une robe présentée dans un magazine.

« On va attraper un tramway dans Elizabeth Street pour descendre rapidement sur le port, expliqua Magda à Lisa en quittant Goode's à 12 h 35. Je ne suis pas d'humeur à me promener. Venez. »

Lisa n'avait guère eu l'occasion de prendre le ferry et avait complètement oublié, si tant est qu'elle l'ait jamais su, à quel point c'était un enchantement.

« Nous allons nous mettre dehors, évidemment, dit Magda en grimpant les marches quatre à quatre pour monter sur le pont supérieur. Tenez, là, dos au soleil. Ouf ! Quoi de plus merveilleux ? »

Lisa regarda autour d'elle le port, le ciel, le pont, l'île de Pinchgut, les rivages de conte de fées, tout le panorama étincelant. Enivrée par ce spectacle, par le martèlement effréné du gros moteur et le curieux attrait de l'odeur de fuel que répandait sur les eaux scintillantes le confortable navire en bois chargé de sa cargaison de passagers privilégiés, le vent du large dans ses cheveux, elle avait l'impression de ne plus être au seuil de la vraie vie, mais projetée soudain en plein cœur de celle-ci ; d'avoir laissé – enfin – l'enfant qu'était Lesley loin derrière elle.

« C'est si agréable ! s'exclama-t-elle. Si merveilleux ! Je suis si heureuse ! »

Magda se retourna vers elle avec un sourire radieux. « Bien ! dit-elle. Soyez heureuse – toujours ! »

Et sur ces mots, elle l'embrassa sur la joue. Lisa lui

sourit timidement. Il paraît que les Européens s'embrassent bien plus souvent que nous, songea-t-elle : ça ne veut rien dire. Ils le font tout le temps, y compris les hommes. Les hommes s'embrassent même entre eux. Mais ça me fait un drôle d'effet.

21

« Nous sommes enfin arrivées ! » s'exclama Magda en ouvrant la porte de chez elle ; la remarque pouvait tout aussi bien s'adresser à Lisa qu'à Stefan.

Après être descendue à quai, Lisa se retrouvait après une courte marche dans un appartement qui occupait l'étage d'une immense villa édouardienne donnant sur Mosman Bay. De grandes fenêtres inondaient de lumière le vaste salon sur lequel s'ouvrait directement la porte d'entrée ; sur la gauche, on apercevait une cuisine, sur la droite, une porte entrebâillée dévoilait un petit triangle de ce qui était peut-être une chambre. À côté de la cuisine, elle découvrit une grande table ronde couverte de victuailles et, à côté de celle-ci, un homme de haute stature aux cheveux bruns bouclés, avec des yeux noisette pétillants. Il agitait la main au-dessus de la table avec un large sourire.

« Regardez ce que j'ai fait surgir pour vous par l'exercice de mes grands pouvoirs ! lança-t-il.

— Oublie tes grands pouvoirs, dit Magda, et viens que je te présente Lisa. Lisa, puis-je vous présenter mon mari, Stefan Szombathelyi, qui est un Hongrois mais pas un comte, hélas ! On ne peut pas tout avoir. »

Stefan se redressa de toute sa taille en souriant à Lisa, claqua les talons et s'inclina tout en lui prenant la main, sur laquelle il déposa un baiser.

« Je suis absolument charmé de faire votre connaissance », lui dit-il. Il lui lâcha la main ; elle ne rougissait peut-être pas, mais elle semblait toute rose.

« Il ne faut pas faire attention, Lisa, dit Magda. Je suppose que vous avez entendu dire que nous, les Européens, nous passons notre temps à embrasser les gens. »

Ils rirent tous, et plus particulièrement Lisa.

« Et maintenant, je vais me défaire de tout cet horrible noir, annonça Magda, puis nous pourrons manger. Je suis affamée, je dois dire. Excusez-moi un très court instant. Stefan, s'il te plaît, donne à Lisa un verre de vin. »

Stefan sourit gentiment à la jeune fille. Elle n'était pas si mal : pas vraiment jolie, mais elle avait peut-être du potentiel. Elle était très mince, mais c'était toujours mieux que d'être très grosse.

« Voulez-vous du vin, demanda-t-il, ou préférez-vous de la limonade ? J'en ai acheté, au cas où. C'est une boisson si amusante, vous ne trouvez pas ? Mais le vin est très amusant aussi, à sa façon. Dites-moi ce que vous préférez.

— Je préférerais de la limonade, je crois. Je n'ai pas l'habitude de boire du vin. »

En fait, elle n'en avait jamais bu une goutte de sa vie.

« Excellent, dit Stefan. Je vais aller chercher la limonade, elle est au réfrigérateur. Elle n'est pas amusante du tout quand elle n'est pas fraîche. »

Magda revint dans la pièce au moment où il sortait ;

elle était à présent vêtue d'un pantalon de lin rouge très seyant.

« Et maintenant, mangeons », s'écria-t-elle, et elle s'approcha de la table en se frottant les mains. « Que nous a-t-il acheté ? Venez vous asseoir, Lisa, et servez-vous, je vous prie. Je vais couper du pain. Vous aimez le pain de seigle ? C'est très bon. Et vous prenez ce que vous voulez avec, du fromage – il y en plusieurs sortes sur cette assiette –, du jambon, oui, de la *Leberwurst*, cette saucisse-là est très bonne, ou essayez ce salami, et puis je vois qu'il nous a préparé une salade aussi – vous devez en prendre, c'est bon pour vous. Stefan, je te prie, sers-moi un verre de vin. »

Lisa, ne sachant plus où donner de la tête devant les mets exotiques disposés devant elle, entreprit de se servir de différentes choses en quantité infime. Elle ne s'était jamais trouvée en présence de tels aliments et elle aurait volontiers goûté chacun d'eux lentement et en privé, si son hôte ne l'avait pas détournée d'une aussi franche gourmandise.

« Magda me dit que vous venez de quitter le lycée, Lisa, lui déclara Stefan.

— Oui, je viens de passer le diplôme de fin d'études, répondit Lisa.

— Ah ! s'exclama Stefan, le diplôme de fin d'études ! Alors vous êtes intelligente !

— Je ne sais pas encore, dit Lisa. J'attends les résultats.

— C'est une réponse intelligente, dit Stefan, alors je crois que vous pouvez attendre avec confiance. Quand les aurez-vous ?

— D'ici trois semaines, environ, répondit Lisa.

— Et après ? demanda Stefan. Vous irez à l'université ?

— Euh... je ne sais pas du tout, dit Lisa, qui songea à la question en redoutant de ne pouvoir y aller. J'essaie de ne pas y penser tant que je ne sais pas.

— C'est très juste, dit Magda. Ne l'oblige pas à penser aux impondérables, Stefan. Pour le moment, elle a largement de quoi occuper ses pensées. Elle a son travail, et puis encore Noël et les abominables soldes qui l'attendent. Elle vit dans l'instant.

— Assurément, dit Stefan. Alors dites-moi, Lisa, vous aimez lire des romans ?

— Oh oui, dit-elle.

— Et que lisez-vous en ce moment ? demanda-t-il.

— Je viens de finir *Anna Karénine*, dit Lisa. Je ne sais pas quoi lire après ; il y en a tant.

— C'est vrai, dit Stefan, et le nombre ne cesse de grandir, je vous assure. C'est une chose étrange. Mais qu'avez-vous pensé d'*Anna* ?

— Oh, j'ai adoré. C'est un livre extraordinaire, dit Lisa.

— J'avoue que c'est difficile de savoir quoi lire après, dit Stefan. Peut-être quelque chose de tout autre. Un roman sur une autre femme, *Emma*, peut-être. Vous l'avez déjà lu ?

— Non.

— Bien, en ce cas, c'est réglé, dit Stefan. Jane Austen, je vous assure, est un aussi grand génie que Tolstoï, quoi qu'on en dise. Vous me direz ce que vous en pensez le moment venu. »

Lisa sourit gaiement. Personne ne lui avait jamais parlé ainsi.

« Oui, promis », répondit-elle.

Magda les interrompit :

« Nous n'avons pas de dessert ? demanda-t-elle. Il n'y a pas de fruits ?

— Si, je vais en chercher, déclara Stefan.

— Et mets le café en route, dit Magda.

— Aussi », répondit-il.

Il alla à la cuisine et revint avec un ananas.

« Ah, mais ça va être salissant, dit Magda. Ça ne vous dérange pas, Lisa ? Mettez votre serviette sous votre menton, en tout cas ; le jus coule partout. »

Stefan découpa l'ananas et ils le dévoraient aimablement en dégoulinant à qui mieux mieux lorsque la sonnette retentit. Magda leva la tête, ses grands yeux écarquillés.

« Ça doit être Rudi ! s'exclama-t-elle. Celui-là, il sait choisir son moment comme personne. »

22

Stefan alla ouvrir et fit entrer le nouveau venu, et, lorsqu'elle se retourna, Lisa découvrit un très bel homme élancé d'environ trente-cinq ans.

« Stefan, ma vieille branche, s'écria-t-il. Et Magda, ma jeune branche – mais j'espère que je ne suis pas en retard. Ou en avance ! Comment allez-vous tous les deux ? Je vous ai apporté un gâteau. » Il tendit un grand carton plat à Magda et l'embrassa sur les deux joues.

« Voilà qui est très gentil, dit Magda, nous manquions justement de gâteau, le café doit être prêt. Tu as déjeuné, Rudi ? Il reste plein de choses à manger. Mais excusez-moi, Lisa. Permettez-moi de vous présenter Rudi Jánosi, qui vient habiter à Sydney, même si nous ne savons pas encore très bien où. Rudi, voici ma collègue Lisa Miles.

— Ravi de faire votre connaissance, dit poliment Rudi.

— Assieds-toi ici et mange si tu veux, dit Magda.

— Non, j'ai pris un en-cas, dit Rudi.

— Alors, nous serons mieux là-bas, dit Magda. Si vous avez fini l'ananas, Lisa, allons nous asseoir sur le canapé pour prendre le café et du gâteau. Asseyez-vous, asseyez-vous, ouf ! Avant tout, il me faut une cigarette. »

Elle ouvrit un coffret argenté et en sortit une cigarette ; Stefan revint avec la cafetière et des tasses sur un plateau, le déposa sur la table et alluma la cigarette de Magda.

« Alors, Rudi, fit-il, nous discutions de Jane Austen. Dis-nous ce que tu penses d'elle.

— Mon opinion n'est pas encore faite, dit Rudi. Je n'en ai pas lu un seul mot.

— Ah, un philistin, dit Stefan. J'ai toujours voulu en rencontrer.

— Non, à vrai dire, déclara Rudi, je me passionne pour Charles Dickens. Quelle horreur ! Quel humour ! Voyez-vous, c'est tellement mieux en anglais qu'en hongrois, que je relis tout ce que j'ai lu il y a si longtemps. C'est très amusant.

— Dickens en serbo-croate, je n'ai jamais lu, dit Magda. Ça doit exister. En anglais, cependant, ses livres restent prodigieusement longs. Je n'ai pas le temps.

— Magda préfère *Vogue*, dit Stefan.

— Et aussi Agatha Christie, ajouta Magda. Dis-nous, Rudi, tu as trouvé un appartement ou pas ?

— J'en ai vu plusieurs, mais le principal problème est de décider entre ce côté du port et l'autre. C'est difficile tant que je ne sais pas où habite ma petite amie.

— Quelle petite amie ? demanda Magda.

— Comme tu vois, je ne l'ai pas encore rencontrée, dit Rudi, mais ça ne va pas tarder, et je préférerais ne pas vivre de l'autre côté du port. Ce serait idiot, une perte de temps. Tu comprends la difficulté.

— Dans ce cas, plus tôt tu la rencontreras, mieux ça vaudra, dit Stefan. Tu ne peux pas rester indéfiniment *chez** Benedek.

— On devrait peut-être faire une fête, dit Magda. Pour le réveillon du jour de l'an. Ça me trotte dans la tête depuis un moment. Qu'en penses-tu, Stefan ?

— Mais certainement, répondit Stefan, tout ce que tu veux, du moment que ça permet à Rudi de se procurer une petite amie et donc un appartement – faisons une fête.

— Nous ne connaissons pas tant de filles que ça, dit Magda. Je vais devoir me creuser la cervelle. Lisa ici présente est bien sûr non seulement trop jeune, mais trop intelligente et trop gentille pour toi. Mais j'espère qu'elle viendra quand même à la fête, si elle a la permission. »

Lisa avait l'air enthousiaste.

« Oh, je serais ravie de venir, dit-elle.

— Vous aimez les fêtes ? demanda Rudi. J'espère que vous danserez au moins une fois avec moi, même si je suis trop vieux, trop bête et pas assez gentil. »

Lisa se mit à rire puis acquiesça. Ah, se dit-elle, ça, c'était la vraie vie !

« Nous avons oublié le gâteau ! s'écria Magda. Mangeons-le, maintenant.

— Dites-moi ce que vous pensez du gâteau, en tout cas, demanda Rudi à Lisa. Je dois reconnaître qu'au moins, à Melbourne, où j'ai mené une existence tellement malheureuse, il y a beaucoup de pâtisseries qui sont meilleures qu'ici.

— À Melbourne, ils ont plus besoin de gâteaux, dit Stefan, car c'est à peu près tout ce qu'ils ont.

— C'est vrai, dit Rudi. C'est une ville triste et, d'ailleurs, ce n'est pas une grande ville, contrairement à ce qu'ils prétendent, comme s'ils savaient faire la différence. Sydney en tout cas est une grande ville, alors que Melbourne... enfin, naturellement il y a des tableaux sérieux au musée, mais, à part ça, rien qui soit la marque d'une grande ville – à part les gâteaux, bien sûr.

— En attendant, ici, non seulement le gâteau est moins bon, dit Stefan, mais le musée est une plaisanterie.

— Peut-être, mais une plaisanterie d'un goût exquis, dit Rudi. Vous n'êtes pas d'accord, Lisa ?

— Je n'y suis jamais allée, répondit-elle.

— Tu vois ce que je veux dire, dit Rudi à Stefan. Vous pourriez m'y accompagner un jour, dit Rudi, si vous voulez bien me faire cet honneur. Il vaut la peine d'être visité, ne serait-ce qu'une fois. »

Magda jugea que Lisa était suffisamment chamboulée par les galanteries faciles de Rudi et se leva d'un bond.

« Venez, Lisa, dit-elle. Laissons ces deux-là parler hongrois, les pauvres, et allons faire une promenade, ce qui est recommandé après tout ce gâteau, et ensuite je ne vous retiendrai pas trop longtemps loin de votre mère. Mais d'abord, nous allons nous arranger un peu. »

Et elle la conduisit dans la chambre.

Elle s'assit devant une grande coiffeuse à l'ancienne avec une glace à trois faces et Lisa resta plantée derrière elle, l'air hésitant.

« Asseyez-vous là, lui dit Magda en lui faisant de la

place sur le long tabouret bas. Il y a largement la place pour nous deux. Prenez ce peigne, il est propre. »

Lisa commença à se peigner les cheveux.

« Voyez-vous, dit Magda, je me demande ce que cela donnerait avec la raie comme ça », et elle lui prit le peigne. « Mais enlevez vos lunettes, elles me dérangent un peu. »

Lisa resta docilement, les lunettes à la main, tandis que Magda décalait sa raie sur le côté de son front étroit et lui peignait les cheveux.

« Je trouve ça très joli ! lança Magda. Regardez ! » Lisa fixa le miroir. « Vous y voyez, sans vos lunettes ? demanda Magda.

— Oui, en fait, je n'en ai besoin que pour lire, dit Lisa.

— Alors, pourquoi les porter tout le temps ? demanda Magda.

— Sûrement parce que je lis tout le temps, dit Lisa.

— Eh bien, nous devons vous trouver autre chose à faire, dit Magda. En attendant, ne les remettez pas, c'est nouveau, pour vous. Regardez-vous et voyez si vous vous plaisez. »

Lisa se regarda.

C'était une vision étrange mais intéressante ; elle sourit avec embarras.

« Un peu de rouge à lèvres, je pense, dit Magda en ouvrant un tiroir et en fouillant. Le vôtre est parti et vous pourriez peut-être changer de couleur. »

Car le vôtre ne vous va pas, pensa-t-elle.

« Voilà, dit-elle. Essayez ça. Un joli rose, parfait pour une *jeune fille**. Je ne sais pas ce qu'il fait ici, ce n'est pas une couleur pour moi. »

Lisa appliqua le rouge à lèvres.

« Tamponnez-le », lui ordonna Magda en lui tendant un mouchoir en papier.

Puis elle le jeta dans une corbeille et regarda le reflet de Lisa.

« Nous testerons le maquillage des yeux une autre fois, peut-être, dit-elle. Vous avez de jolis yeux, la couleur est intéressante. »

On voyait facilement ses yeux, à présent, dont l'iris bleu était teinté de gris et le blanc éclatant.

« Reculez un peu, dit Magda en agitant la main en direction du lit, pour que je voie l'effet d'ensemble. Hmmm. »

Lisa portait une de ses jupes froncées, assortie d'un chemisier en linon blanc. Son visage paraissait indubitablement plus éveillé et mieux défini.

« Vous avez la taille si fine, dit Magda. Je vous envie tellement. Autant la mettre en valeur et porter toujours une ceinture. J'en ai tellement – grosse comme je suis –, j'ai peut-être quelque chose là-dedans que vous pourriez mettre. Regardez de l'autre côté de la porte de ce placard. Allez-y, ouvrez-le, il n'y a pas de cadavre dedans. »

Lisa ouvrit la porte et vit, suspendues à une tringle, une douzaine de ceintures. Magda l'observait.

« Essayez celle en cuir fauve, dit-elle. Elle sera assortie à vos sandales. »

Lisa prit la ceinture et la mit.

« Plus serrée, dit Magda. Mettez-la au dernier cran.

— C'est ce que j'ai fait, dit Lisa.

— En ce cas, nous allons en faire un autre, dit Magda. Venez. »

Après avoir un peu farfouillé, elle trouva des ciseaux à ongles et perça un autre trou.

« Voyons voir », dit-elle.

La ceinture, qui était naturellement d'une belle qualité, donnait une tout autre allure à Lisa.

« *Ça va très bien**, dit Magda. Je ne porte pas cette ceinture très souvent – autant que vous la gardiez. Elle vous va bien mieux, de toute façon. Quelle merveille d'avoir cinquante-cinq centimètres de tour de taille. Et gardez aussi le rouge à lèvres. C'est la couleur idéale pour vous. Jetez l'autre, rien n'est plus démoralisant qu'une couleur qui n'est pas la bonne. Vous êtes charmante, avec un peu plus d'expérience, vous serez ravissante ; il faut avoir toutes les armes à sa disposition pour affronter les Rudi de ce monde, je vous assure, et vous serez assaillie de toutes parts dans les années qui viennent. »

Secrètement ravie de ce changement d'apparence, Lisa était aussi affreusement gênée ; elle se creusait les méninges pour trouver un nouveau sujet de conversation qui puisse détourner l'attention que Magda lui portait.

« Je croyais que vous étiez hongroise, dit-elle d'un ton mal assuré, mais à vous entendre parler des Hongrois, on ne dirait pas.

— Moi ! s'exclama Magda. Je suis slovène. »

Elle prononça ce mot avec une emphase toute théâtrale en écarquillant les yeux. « Mais je suppose que vous ne savez pas ce que c'est, slovène. » Elle se peigna les cheveux.

« Mais si, dit Lisa. La Slovénie fait partie de la Yougoslavie.

— Mon Dieu ! s'écria Magda, vous êtes vraiment un génie, de savoir ça. Je n'ai jamais rencontré un Australien qui en ait entendu parler.

— Mais on a étudié les Balkans au lycée, dit Lisa ; dans les causes de la Première Guerre mondiale, vous savez, en histoire moderne. Il y a beaucoup de gens ici qui connaissent la Slovénie, beaucoup. Il y avait une question à l'examen.

— Vous me stupéfiez, dit Magda. J'ai eu raison de vous donner ma ceinture. Alors, comme ça, vous avez entendu parler de la Slovénie. Un jour, peut-être, je vous en dirai plus, mais pas maintenant. Nous devons faire notre promenade, c'est joli par ici, ça vous plaira. En partant, nous allons nous montrer aux Hongrois. »

Les deux femmes firent leurs adieux et Rudi réitéra son invitation à Lisa : « Je vous verrai à la fête que Magda et Stefan ont si sagement décidé de donner en mon honneur, dit-il, et nous organiserons notre visite au musée, n'est-ce pas ? Je m'en réjouis d'avance. Il n'est jamais trop tôt pour commencer à cultiver son humour. Si je peux vous présenter la Galerie d'art de la Nouvelle-Galles du Sud comme il le mérite, je n'aurai pas vécu en vain. »

23

Patty n'avait pas remarqué la conférence extraordinaire de Lisa et Magda, alors que c'était le genre d'incident qui suscitait normalement un sarcasme de sa part, et Fay ne put s'empêcher de noter que, d'une manière générale, Patty ne semblait pas au mieux de sa forme ce samedi matin. Elle n'avait rien à raconter sur Frank ou leurs éventuels projets du week-end, ce qui en soi n'était pas gênant, car elle-même n'avait pas d'information à divulguer en échange sur ce qu'elle comptait faire durant le week-end, et les deux femmes vaquaient donc à leurs tâches dans une atmosphère de retenue étrange, sans que jamais Patty se soucie de ce que Fay pouvait dissimuler et Fay s'interroge sur les préoccupations silencieuses de Patty.

Ce matin-là, heureusement, le temps s'était un peu rafraîchi ; il y avait une légère brise et, au moment de rentrer chez elle, Patty trouva même que le soleil était plus agréable qu'étouffant. Elle sauta dans son tramway le cœur léger : un samedi matin aux Robes de Cocktail n'avait pas suffi à effacer les étranges sensations qui s'étaient emparées d'elle corps et âme depuis les événements de la veille au soir. Mais à cette impression plaisante et même mystérieuse d'être désorientée, transférée dans un autre élément, se mêlait un frisson de peur, si ce n'est un mauvais pressentiment.

Frank ne s'était jamais conduit comme hier au soir ; pas même durant leur lune de miel il ne s'était comporté ainsi ; jamais Patty n'avait éprouvé les sensations si singulières qu'elle éprouvait à présent ; jamais, alors qu'elle était assise sur une banquette du tramway, elle n'avait eu ce sentiment d'avoir été initiée à un secret – un secret si rare qu'il n'y avait pas de mots pour le décrire, si rare qu'il n'était jamais mentionné, ni même évoqué, si rare qu'il n'appartenait peut-être qu'à Frank et elle. Et l'idée qu'ils puissent en être les seuls détenteurs était un de ses aspects effrayants, car ils n'avaient jamais partagé de secret jusque-là : ce secret instaurait une nouvelle relation entre eux.

Patty ne se formula pas les choses aussi explicitement, mais elles furent néanmoins formulées à un niveau ou un autre d'entendement de façon suffisamment efficace pour qu'elle se dise, et à juste titre, que ce serait tout aussi effrayant et excitant de revoir Frank – Frank conscient et éveillé, sorti du profond sommeil où elle l'avait laissé ce matin en partant travailler. Qu'allait-il faire ? Qu'allait-il dire ? Ce serait leur première rencontre dans ce nouveau monde de secret partagé. Patty remonta à pied de l'arrêt du tramway dans un vertige de désir mêlé d'appréhension et, lorsqu'elle ouvrit la porte de chez elle, elle sentit son cœur qui battait à tout rompre.

La maison était plongée dans un silence qui, dans les circonstances, lui parut impressionnant et, l'espace d'un instant, Patty crut que Frank allait surgir de derrière un meuble pour se jeter sur elle comme un monstre. Mais où était-il, en ce jour si particulier? Se pouvait-il qu'il soit sorti, se pouvait-il réellement qu'en ce jour si particulier, il l'ait laissée confrontée à son retour à une maison vide, à son absence totale, qu'il l'ait laissée faire l'expérience par elle-même de cette étrangeté, de cette possession solitaire de leur secret partagé? C'était presque impensable. Elle jeta un œil dans la chambre: elle était également vide et le lit défait.

Elle alla lentement dans la cuisine, encore sous le coup de la stupéfaction et de l'émerveillement; puis, d'un pas de plus en plus traînant, elle entreprit de faire le tour complet de la maison. Celle-ci la rejetait par son silence; elles étaient seules toutes les deux. Elle regagna la cuisine et resta assise là à s'interroger mollement tandis que la sensation de plaisir étrange s'évacuait, ne laissant que la sensation de peur, et lorsqu'elle vit qu'à l'heure du dîner Frank n'avait toujours pas réapparu, la sensation de peur prit corps de façon aussi saisissante qu'effrayante et fit naître dans son imagination des formes aussi saisissantes qu'effrayantes. Quand elle alla se coucher, elle était dans un état d'hébétude, n'étaient-ce les formes aussi saisissantes qu'effrayantes qui batifolaient dans son esprit.

24

Le temps que Magda retourne à l'appartement, l'eau du port était devenue bleu nuit : l'après-midi se mourait gentiment, doucement, comme souvent sous ces latitudes. Stefan lui proposa de faire du thé.

« Tu as fait une bonne promenade ? demanda Rudi, qui semblait avoir pris ses quartiers pour la soirée. Que diriez-vous d'aller au concert ? Il y a un récital de musique de chambre au Conservatoire.

— Toi et ta culture, dit Magda. J'ai envie d'un film. Attendons pour décider. Je dois téléphoner à la mère de Lisa pour lui dire que sa fille est en chemin, notre promenade nous a entraînées plus loin que prévu, elle s'inquiète peut-être. »

Elle alla téléphoner dans la chambre et revint quelques minutes plus tard.

« C'est curieux, dit-elle. Elle n'a pas l'air de connaître le prénom de sa propre fille ; elle le prononce "Lesley". Cette façon de parler des Australiens est décidément très bizarre.

— Oui, ce n'est pas l'anglais que j'aimerais entendre dans la bouche de mes enfants, je dois dire, remarqua Rudi.

— Ce qui est un problème imminent, déclara Stefan à Magda. Rudi m'a dit qu'il voulait se marier.

— Naturellement, dit Magda. Mais chaque chose en son temps. Pour le moment, tu cherches encore une petite amie, sans parler d'un appartement.

— Pour être tout à fait honnête avec toi, dit Rudi, je cherche une petite amie susceptible d'être élevée au rang d'épouse. J'ai envie de me marier rapidement. J'en ai assez de la java des petites amies : je veux me poser.

— Je ne vois pas une seule de nos amies célibataires qui ait l'âge ou ait elle-même une fille du bon âge, dit Magda. Tu devras peut-être régler la question toi-même, Dieu sait comment.

— Je ne suis pas difficile, dit Rudi.

— Non, tu voudras juste une beauté, de moins de trente ans, cultivée, voire riche ; ça devrait être facile, dit Stefan.

— Assurément, je veux une beauté, dit Rudi, l'âge est moins important. Cultivée, en fait – j'ai entendu dire qu'il y a...

— Mais pour qui tu nous prends ? dit Stefan. Bien sûr que nous sommes cultivés, nous autres les réfugiés, nous sommes célèbres, ou plutôt notoires pour ça, c'est une de nos qualités les plus méprisables.

— Ah, mais vous m'avez mal compris ! protesta Rudi. Je ne cherche pas une réfugiée : j'ai décidé d'épouser une Australienne.

— Tu dois être fou ! s'écria Magda. Qu'est-ce qu'elle pourrait bien te trouver ? Une Australienne. De toute façon, celles qui sont cultivées sont toutes mariées, ou alors elles sont parties.

— Parties ? demanda Rudi. Parties où ça ?

— Elles partent à Londres, parfois Paris ou même Rome, dit Stefan. Tu auras du mal à en trouver une seule ici ; ou alors, c'est qu'elle économise pour se payer le voyage à Londres, je peux te le garantir.

— Bon, dit Rudi, dans ce cas, j'en prendrai une inculte et je la cultiverai moi-même. Ça devrait me plaire.

— Pfff, dit Magda. Laisse-la tranquille, cette pauvre fille. Elle est heureuse comme elle est.

— Tu crois vraiment, Magda ? demanda Rudi. Sois honnête. Tu as déjà vu une...

— En fait non, dit Magda. Tu as raison, j'en ai bien peur. Très bien, tu veux donc rencontrer une Australienne, inculte, tu la rendras heureuse, ou plus heureuse, et peut-être même cultivée. C'est très simple.

— Une gentille Australienne, saine et solide. Il y en a de très belles, dit Rudi. Vous n'avez pas remarqué ? Voilà ce que j'aimerais. »

Stefan se mit à rire.

« Curieusement, dit-il, nous ne connaissons personne qui corresponde à cette description, personne.

— C'est vrai », acquiesça Magda.

Une idée lui vint alors à l'esprit.

« En fait, dit-elle, ce n'est pas vrai. J'en connais une. Elle a à peu près trente ans, ou moins, elle n'est pas tout à fait belle, mais pas mal, son *maquillage** est affreux, naturellement, et elle n'a pas de classe, mais pour autant qu'on puisse en juger, elle est saine et solide et, maintenant que j'y pense, je dois dire qu'elle n'a aucunement l'air d'une femme amoureuse.

— Je suis très désireux de la rencontrer, dit Rudi. Arrange cela s'il te plaît.

— Je verrai, dit Magda. Je ne sais pas si tu la mérites. Je verrai. Bien, nous allons voir un film ou non ? Décidons. »

Et dans le jour tombant, ils se mirent à peser le pour et le contre entre les films à l'affiche et le programme de musique de chambre.

25

Il était presque six heures du soir quand Lisa arriva enfin chez elle. Elle entra en trombe par la porte de service, encore rayonnante de l'euphorie de l'après-midi, et trouva sa mère qui épluchait des pommes de terre devant l'évier.

« Coucou, maman ! s'écria-t-elle. Regarde ! » Et elle sourit comme une vedette de cinéma et virevolta.

Sa mère l'examina avec une tête de brioche de carême.

« Tu penses bien que je vais te regarder ! dit-elle. Tu penses bien. Et maintenant, tu pourrais me dire ce que tu fabriquais. J'ai eu un coup de fil de cette Magda avec qui tu étais, Mrs Zombie-quelque-chose, qui appelait pour dire que tu étais en chemin, et elle n'a même pas l'air de savoir comment tu t'appelles ! C'est peut-être ce drôle d'accent qu'elle a, mais elle a essayé de me dire – à moi ! – que tu t'appelais Lisa. Tu imagines ! Et tu as vu l'heure ? Et où sont tes lunettes ? Tu les as oubliées là-bas ? Et comment se fait-il que tu rentres aussi tard ? Tu m'avais dit que tu serais rentrée à quatre heures. Je ne sais pas quoi penser ! »

L'euphorie de Lisa retomba aussitôt et elle s'assit

brusquement sur une chaise. Elle prit les lunettes dans son sac, les posa sur la table de la cuisine et resta là, à réfléchir, le dos voûté. Puis elle sortit le rouge à lèvres de son sac et ouvrit l'étui. C'était un article de luxe, présenté dans un lourd tube de métal doré ; la teinte s'appelait « Angel's Kiss ». Elle l'appliqua sur sa bouche puis le tendit.

« Magda m'a donné ça, dit-elle. Tu veux l'essayer ? En plus, il a bon goût. »

Elle pinça les lèvres.

« Et puis, elle m'a donné ça aussi, ajouta-t-elle en tirant sur sa ceinture. Elle te plaît ? »

Sa mère la fixait, sans voix.

« Je suis désolée d'être en retard, maman, poursuivit Lisa, mais on est allées se promener et ça a pris plus longtemps que je pensais. On a regardé toutes les maisons et Magda m'a parlé de la Slovénie. Elle est originaire de là-bas. Et puis, j'ai dû aller à pied jusqu'à Spit Road et le tramway a mis un temps fou à arriver. Je suis désolée, sincèrement.

— Je ne sais pas quoi penser, Lesley, dit sa mère. Je ne t'ai jamais vue comme ça. Je ne sais pas quoi penser.

— Il n'y a rien à penser, dit Lisa. Mais j'aimerais que tu m'appelles Lisa, toi aussi. C'est comme ça qu'on m'appelle, chez Goode's. C'est moi qui leur ai dit que je m'appelais comme ça. C'est sur le formulaire et tout.

— Quoi ? s'exclama Mrs Miles. Quoi ! Comment ça ? Tu t'appelles Lesley.

— Mais ça ne me plaît pas, dit la jeune fille. Je veux m'appeler Lisa. Et je m'appellerai Lisa. Je m'appelle déjà Lisa ! »

Et elle fondit en larmes au moment précis où sa

mère horrifiée et à bout de nerfs se mettait à pleurer. Les deux femmes sanglotèrent ainsi chacune de son côté et, après une minute, Lisa leva la tête. Mrs Miles s'essuyait les yeux sur son tablier.

« Lisa, dit-elle. Lisa. Tu crois que c'est agréable d'entendre ta propre fille te dire qu'elle veut changer de nom ? Pour moi, tu as toujours été Lesley et tu le seras toujours. En quoi ça te dérange, Lesley ? C'est un joli prénom. Lisa. C'est comme une claque en pleine figure. De parfaits inconnus...

— Magda n'est pas une parfaite inconnue, c'est mon amie, dit Lisa.

— Tu parles d'une amie ! Je ne la connais même pas.

— Ce n'est pas ma faute. C'est quand même mon amie, et Stefan aussi.

— Qui est Stefan ? demanda Mrs Miles, alarmée.

— Juste le mari de Magda », répondit Lisa.

Elle jugea qu'il valait mieux ne pas mentionner Rudi pour le moment.

« Il est très gentil. On a parlé livres. Et je vais à leur fête du nouvel an, si tu veux bien. Magda a dit que je devais te demander la permission.

— Encore heureux ! » s'exclama Mrs Miles.

Elle fixa le linoléum ; secrètement, elle était quelque peu amadouée par cette marque de politesse slovène.

« Je verrai, dit-elle. Mais, Lisa ! Lisa ! Comment as-tu pu faire une chose pareille ? Changer de nom comme ça et sans m'en parler. C'est si sournois.

— Oh, maman, dit Lisa. Ce n'est pas de la sournoiserie, je t'assure. Je voulais seulement... je voulais un vrai nom de fille. Lesley est un nom de garçon.

— C'est aussi un nom de fille, dit sa mère. Ça s'écrit autrement, pour les garçons.

— Mais ça se prononce de la même façon, dit Lisa. C'est ça qui compte. Je voulais un vrai prénom de fille, pour plus tard, quand je serai grande. Il y a si longtemps que je suis une enfant. J'ai envie d'être une adulte.

— Oh, Lesley… Lisa, soupira sa mère. Si seulement tu savais ce que c'est d'être adulte, parfois, tu ne serais pas si pressée de grandir.

— Oh, maman », dit Lisa, consternée, et elle se leva pour se jeter dans les bras de sa mère.

Les larmes montèrent de nouveau aux yeux de Mrs Miles et se mirent à couler sur ses joues.

« Ne pleure pas, maman, je t'en prie, dit Lisa.

— Oh là là, je ne sais pas quoi penser, sanglota Mrs Miles. J'ai toujours su que je te perdrais un jour, je suppose, mais je ne pensais pas que ça arriverait si vite ! »

Et elle sanglota de plus belle.

« Maman, maman, je t'en prie, ne pleure pas, dit Lisa qui s'apprêtait elle aussi à fondre en larmes de nouveau. Tu ne m'as pas perdue, tu n'es pas en train de me perdre : tu ne me perdras jamais. Tu es ma mère, comment pourrais-tu me perdre ? Je resterai toujours avec toi.

— Enfin, Lesley, Lisa, tu ne peux pas dire ça, tu sais bien, fit sa mère en s'essuyant encore une fois les yeux. Tu te marieras ou tu partiras, peut-être même à l'étranger – c'est ce que font toutes les filles, de nos jours. Tu ne peux pas rester toute ta vie avec moi. Ce ne serait pas juste. Je suis égoïste, sans doute.

— Mais non, dit Lisa. Et même si je me marie ou si je pars, tu seras toujours ma mère et je te verrai souvent.

— J'espère», dit Mrs Miles.

Elles entrevirent la longue perspective qui s'étendait devant elles et détournèrent le regard de ces visions extraordinairement mystérieuses et même tragiques. «Tout ce que je te demande, c'est d'être sage, Lesley, dit sa mère. C'est tout ce qui compte.

— Bien sûr ! dit Lisa. Tu peux continuer à m'appeler Lesley, si tu veux», ajouta-t-elle.

Sa mère esquissa enfin un sourire.

«Je verrai, dit-elle. Il faut que je réfléchisse. Je réussirai peut-être à t'appeler Lisa un jour, si tu es très gentille. Ça dépend.»

Elles rirent toutes les deux et se séparèrent.

«Mais pour l'instant, il faut que je m'occupe de mes pommes de terre», dit Mrs Miles en se retournant vers l'évier.

Juste avant, elle regarda Lisa du coin de l'œil. Sa fille se penchait au-dessus de la table pour prendre ses lunettes, le rouge à lèvres et son sac à main et Mrs Miles fut frappée par la grâce féminine de sa silhouette, que mettait en valeur la large ceinture en cuir.

«Cette ceinture est très chic, tu sais, dit-elle. Elle est sûrement de belle qualité. C'est très gentil de la part de Magda de te l'avoir donnée, elle a dû coûter très cher. J'espère que tu l'as remerciée comme il se doit.»

Lisa lui fit un sourire radieux.

«Bien sûr, dit-elle. Et pour le rouge à lèvres aussi. Tu veux l'essayer, maintenant ?

— Plus tard, répliqua sa mère. C'est une très jolie

couleur, elle te va très bien. Je dois dire que tu es très élégante : Magda doit bien t'aimer pour se donner autant de mal.

— Sûrement, oui, dit Lisa avec hésitation.

— Mais je ne vois pas pourquoi, dit Mrs Miles.

— Non, moi non plus, dit Lisa, affreuse comme je suis.

— Oh, tu n'as pas fini de grandir, dit sa mère. Tu as tout le temps. Tu pourrais être tout à fait charmante d'ici quelques années. Nous verrons. Pour l'instant, je veux que tu t'assoies et que tu m'aides à écosser ces petits pois.

— Alors, je pourrai aller à la fête ? demanda Lisa.

— Je verrai, dit Mrs Miles. Écosse les petits pois d'abord et j'y réfléchirai. »

Il y eut un long silence puis on l'entendit marmonner à part elle : « Lisa. Ça alors. »

26

Dès que Fay rentra de chez Goode's, elle s'attaqua à son appartement. Le champ de bataille était relativement réduit : il consistait en une pièce de taille moyenne meublée de deux fauteuils, d'un divan qui lui servait de lit, de quelques tables ici et là et d'une kitchenette. Elle partageait une salle de bains qu'elle nettoyait souvent sans y être obligée. Quand elle en eut fini avec l'appartement, elle lava son linge dans la lessiveuse de sa propriétaire et le suspendit sur la corde où il claqua furieusement au vent du large, puis elle prit un bain, se lava les cheveux et se fit les ongles.

Quand vint l'heure du dîner, elle avait terminé le *Women's Weekly* et, après avoir préparé des macaronis au fromage, elle s'installa par terre pour manger, posa *Anna Karénine*, l'ouvrit à la première page et se mit à lire. Le dimanche, en fin de soirée, elle se dit : c'est fou ce que le temps passe vite quand on lit un livre, je n'aurais jamais cru.

27

Mrs Crown était au téléphone, assise à côté du petit guéridon de l'entrée où il était posé.

« Comment ça, tu ne viens pas ? disait-elle. J'ai fait spécialement un gros gigot d'agneau, je viens de le mettre au four et j'ai déjà préparé les légumes. Comment ça, tu ne viens pas ? »

Patty tremblait de crainte et de confusion. Cela s'avérait encore plus difficile qu'elle ne l'avait imaginé : c'était un cauchemar.

« Mais Frank est mal fichu, dit-elle. Il n'a pas la force.

— Frank mal fichu ! s'exclama sa mère. On aura tout entendu. Frank a une santé de fer. Qu'est-ce qui lui arrive ?

— Je ne sais pas trop, dit Patty, ce n'est rien, il lui faut juste une journée de repos. Il n'a pas d'appétit, il n'est pas dans son assiette.

— Il faut peut-être qu'il voie un médecin. Tu as fait venir le médecin ? demanda Mrs Crown.

— Non, non, dit Patty, je ne pense pas qu'il ait besoin d'un médecin. Je verrai demain comment il se sent. »

Sur ce, elle se mit à pleurer.

«Patty Williams, ou Crown, comme tu voudras, dit sa mère, j'arrive tout de suite, même si le gigot est au four. Je l'éteins et j'arrive, même s'il est gâché. Si tu ne me dis pas ce qui se passe, je viens voir moi-même. Tant pis pour le gigot, si ça t'est égal, eh bien, moi aussi.

— Non ! sanglota Patty. Laisse le gigot au four. J'arrive, je vais venir, moi. Laisse-moi un peu de temps pour me préparer.»

Elle n'était pas même habillée ; elle s'était réveillée dans le lit vide à six heures du matin, et depuis elle était à la table de sa cuisine, les yeux rivés sur le journal du dimanche, plongée dans une stupeur presque catatonique sous l'effet du choc et de la peur.

«Je viens dès que je peux, dit-elle. Laisse le gigot au four.»

Elle regarda à travers les vitraux colorés qui encadraient la porte de chez sa mère comme quand elle était petite et appuya sur la sonnette.

«Patty, dit Mrs Crown qui se tenait sur le seuil en tablier, tu vas peut-être enfin m'expliquer.»

Elles parcoururent le long couloir étroit qui menait à la cuisine où le gigot d'agneau grésillait dans le four. La table était déjà mise pour cinq.

«Oh non, dit Patty en s'affalant sur une chaise. Joy vient ?

— Non, juste Dawn et Bill, dit Mrs Crown. Les enfants sont tous à la plage avec les voisins.

— C'est déjà ça, dit Patty. Je n'aurais pas la force de voir Joy.»

Mrs Crown mit la bouilloire à chauffer.

«Je fais du thé, dit-elle, et tu vas me dire ce qui se passe. Immédiatement.

— Frank a disparu, dit Patty.

— Quoi ? demanda sa mère.

— Il est parti. Quand je suis rentrée hier, il était parti. Il n'est pas revenu.

— Tu as prévenu la police ? demanda sa mère, qui avait blêmi. Il a peut-être eu un accident.

— Ils m'ont dit de ne pas m'inquiéter pour l'instant, dit Patty. Que ça arrive tout le temps. Ils m'ont dit de venir au commissariat signaler la disparition s'il n'est pas rentré d'ici une semaine. Une semaine ! »

Et elle éclata en sanglots.

Sa mère s'assit à côté d'elle et lui tapota l'épaule.

« Allons, allons. Pleure un bon coup. »

Patty pleura un moment.

«Je ne comprends pas, Patty, dit Mrs Crown. Vous vous êtes disputés ?

— Non ! » s'écria Patty.

Elle se voyait mal dire à sa mère ce qu'ils avaient fait à la place.

Une dispute ! Le souvenir de l'étrange secret partagé ne semblait plus qu'un rêve, quelque chose qui n'était jamais arrivé.

«Je ne comprends pas non plus, dit-elle. Sincèrement. »

Et elle se remit à pleurer.

« Écoute, Patty, dit Mrs Crown. Je vais te dire. Personne ne comprend les hommes. Nous ne les comprenons pas et ils ne se comprennent pas eux-mêmes. Un point, c'est tout. Du coup, ils font des choses bêtes et méchantes, comme de partir du jour au lendemain.

Je pourrais t'en raconter de belles ! Mais ils finissent toujours par revenir. Enfin, généralement. Ceux qui ne reviennent pas n'en valent pas la peine, crois-moi. Il reviendra. Tu verras. Ils sont incapables de se débrouiller tout seuls, les hommes. Ils croient que si, mais non. Ce sont de grands enfants. »

À ce mot, les larmes de Patty redoublèrent et sa mère continua à lui tapoter l'épaule.

« Bon, sèche tes larmes, maintenant. Va te passer de l'eau sur la figure et on prendra du thé. Je vais mettre les légumes à réchauffer. »

Elle se leva et Patty alla dans la salle de bains.

Tandis qu'elles buvaient un bon thé bien chaud, Mrs Crown regarda sa fille. La pauvre petite Patty, sa cadette, qui avait toujours été coincée au milieu, entre Dawn, au caractère décidé, et Joy, si sûre d'elle. Patty était un peu un mystère, même pour sa famille.

« Tu sais que je préfère quand tu as les cheveux un peu plus longs, dit Mrs Crown. Tu devrais les laisser pousser un peu. Ça te va bien.

— Oui, répondit mollement Patty. Peut-être.

— En attendant, reprit Mrs Crown, qu'est-ce que Frank a emporté avec lui ? Il a pris beaucoup de vêtements ?

— Je n'ai pas pensé à regarder, dit Patty. J'ai attendu, c'est tout. Je croyais qu'il allait revenir d'un instant à l'autre.

— C'est possible, dit sa mère, mais il n'y a pas de mal à regarder. Tout à l'heure, je te raccompagnerai et on regardera bien. Et puis, tu pourras prendre quelques affaires et venir t'installer ici pendant que ce sale égoïste batifole de son côté en te causant du chagrin.

— Non ! s'écria Patty. Il faut que je reste à la maison, au cas où il reviendrait !

— Pfff ! fit Mrs Crown. Il ne le mérite pas. Réfléchis un peu. Ce serait bien fait pour lui si, en revenant, il s'apercevait que tu es partie. Tous des égoïstes, je te le dis. Ils ne réfléchissent jamais.

— Surtout, n'en parle pas à Joy, dit Patty. Ni à Dawn.

— Je ne sais pas, dit Mrs Crown. On ne peut pas dire qu'il est malade, n'est-ce pas ? Dawn n'y croira pas plus que moi. Je sais. On va dire qu'il est parti quelques jours en voyage d'affaires – c'est bien, non ? Ça lui arrivait du temps où il était représentant. On peut dire qu'il remplace quelqu'un pendant quelques jours. Et puis on verra ce qui se passe. Juste avant Noël, tout de même, quel dommage. Il a intérêt à revenir avant Noël, c'est tout ce que je peux dire. Autrement, il aura sérieusement affaire à moi, c'est tout ce que je peux dire ! »

Sur ce, Mrs Crown prit l'air furibond et Patty fut presque étonnée d'éprouver un étrange soulagement et se sentit gagnée à son tour par la fureur. C'était un sale égoïste. C'étaient tous de sales égoïstes. Mais ils étaient incapables de se débrouiller tout seuls.

28

La scène qui s'offrit à l'œil militaire de l'officier d'opérette, lorsque la veille de Noël, à onze heures du matin, il ouvrit les portes de Goode's pour laisser entrer lady Pyrke, était celle d'une indescriptible cohue assortie de ses effets sonores. À l'*obligato* d'une centaine de discussions intenses entre le personnel vêtu de noir et les clients s'ajoutaient le tintement perçant des sonneries de caisses enregistreuses, les cris des garçons d'ascenseur – Montée ! – et les glapissements des enfants petits et grands que l'on n'avait pas réussi à parquer chez les voisins : les femmes de Sydney, ou du moins une effrayante proportion de celles-ci, faisaient encore leurs achats de Noël et, ainsi que le lieutenant-colonel s'en fit la réflexion, cela ne pouvait qu'empirer au fil de la journée car, après le déjeuner, les employés de bureau autorisés à partir plus tôt que d'habitude, comme bon nombre d'entre eux ce jour-là, viendraient grossir la foule. Lady Pyrke descendit majestueusement l'escalier de marbre pour plonger dans la mêlée comme si elle s'immergeait dans les eaux de Baden-Baden. Dans pareils moments, songea le lieutenant-colonel, c'est un réel avantage de ne plus avoir toute sa tête : bonne chance, ma brave dame. Il la regarda s'avancer sereinement vers le comptoir des mouchoirs puis se retourna vers la rue.

Le deuxième étage offrait un tableau plus calme. On était parvenu à y maintenir une atmosphère de frénésie contenue. C'était extraordinaire, se disait Mr Ryder, de voir qu'autant de dames attendaient la dernière minute pour acheter leur robe de Noël, et pourtant, elles étaient toutes là, à en empiler plusieurs sur leur bras pour les essayer en même temps dans les cabines d'essayage, semant la confusion parmi son personnel qui était déjà débordé. Voilà Lisa qui émergeait des cabines en suffoquant à moitié sous un assortiment de robes de cocktail récupérées une fois que les clientes avaient, ou non, trouvé celle qui leur convenait. Si au cours de leur brève existence, rien n'était venu contraindre le magasin à brader ces robes, cette dernière journée d'achats de Noël s'en chargerait : après cela, elles seraient bonnes pour les soldes.

Même les Modèles Haute Couture n'étaient pas loin de jouir d'une prospérité des plus vulgaires. Mr Ryder nota avec satisfaction que Magda – L'inimitable ! Une perle qui valait son pesant d'or ! – s'occupait pour l'heure, avec un tact si serein, si inflexible, de trois clientes différentes, pas moins ; ce qui l'air de rien représentait au bas mot cinq cents guinées de chiffre engrangées en un tournemain. Si ça, ce n'était pas beau, il voulait bien manger son chapeau.

Et voilà Fay Baines qui prenait la liasse de billets que lui tendait une cliente satisfaite, alors que quatre autres attendaient leur tour, et Lisa, encore une fois, les bras chargés de robes à remettre sur les portants ;

Miss Jacobs qui expliquait la situation à une respectable matrone de North Shore qui voulait une taille qu'ils n'avaient pas dans un modèle en rayon et Patty Williams, l'air affreusement pâle et même intéressant – si l'on peut dire –, qui remplissait une facture : si vous avez l'intention de vomir, Mrs Williams, songea-t-il, vous serez gentille d'attendre dix-sept heures trente. Il poursuivit sa tournée en leur prodiguant à toutes des sourires d'encouragement.

À l'heure du déjeuner, Lisa, après s'être changée, se précipita au milieu de la cohue qui envahissait la ville pour acheter ses cadeaux de Noël. Elle avait fait les recherches nécessaires la semaine précédente et fila chez Grahame's acheter pour son papa une histoire des pur-sang anglais abondamment illustrée, avec en couverture un beau portrait de Godolphin Arabian ; dans Rowe Street, elle acheta une petite tabatière en coquillage pour sa mère. Le tout lui revint à un peu plus d'une semaine de paie. Elle alla ensuite à la cantine et vit Patty Williams qui avait l'air mal en point. Je devrais peut-être aller lui parler, se dit-elle. Mais elle n'en fit rien ; Patty avait une expression revêche qu'elle ne lui avait jamais vue, pas plus que quiconque d'ailleurs.

Ah, quel con, se disait Patty, quel con. Quel sale égoïste de me laisser en plan comme ça ; pour qui il me prend ? C'était l'éternelle question et Patty se la posait enfin. S'enfuir comme ça, sans un mot, en me laissant en plan : merci bien. Ce n'était que le matin même au réveil que Patty s'était soudain rendu compte que, s'il s'était ainsi absenté de la maison, il était probable qu'il ait fait la même chose au travail et qu'il valait mieux qu'elle essaie de l'excuser de ce côté-là. Et si – horreur – il ne s'était absenté que de la maison ? Pendant sa pause-déjeuner, elle téléphona à sa mère pour lui demander d'appeler Frank au travail afin de savoir s'il s'y trouvait ou non ; puis elle attendit dix minutes et la rappela.

« Il n'y est pas, l'informa Mrs Crown. Je ne leur ai rien dit. Je ne leur ai pas dit qui j'étais ni rien. Ils m'ont juste dit que Mr Williams n'était pas venu aujourd'hui, ils pensent qu'il est souffrant, mais il ne les a pas prévenus. Ils m'ont dit de t'appeler si je voulais en savoir plus. Pfff ! Tu ferais mieux de les appeler maintenant, leur dire qu'il est malade et que tu ne sais pas quand il sera de retour, ça suffira pour le moment. »

Lorsqu'elle parla au patron de Frank – le *sale faux-cul* –, qui lui parut absolument charmant, un parfait gentleman, Patty découvrit combien il était facile, une fois lancée dans un mensonge, de lui donner l'accent de la vérité. Elle se surprit elle-même.

« Il n'est pas bien, dit-elle. Je ne pense pas qu'il reviendra cette semaine, franchement. À mon avis, il devrait être absent jusqu'au nouvel an ; je suis vraiment désolée.

— Zut alors, vous m'en voyez navré, Mrs Williams, dit le patron de Frank. Dites-lui bien de se reposer, surtout, et de ne revenir que lorsqu'il sera remis sur pied, on se débrouillera, de toute façon, c'est calme, cette semaine. Nous espérons le revoir juste après le nouvel an, si jamais il a besoin de plus de temps, dites-le-nous. J'espère que vous passerez tout de même un joyeux Noël. Au revoir. »

Voilà qui était fait, Dieu merci. Mais quel con, quel sale égoïste. La laisser en plan comme ça. Où était-il, que faisait-il ? Il avait emporté le vieux sac de voyage et quelques vêtements et toute sa paie de la quinzaine, moins l'argent du ménage qu'il lui avait déjà donné le jeudi soir. Il avait l'intention de partir : il savait ce qu'il faisait. Il n'avait aucune excuse. Ce n'était qu'un égoïste, un sale égoïste. *Pour qui la prenait-il ?*

29

La frénésie alla croissant tout au long de l'après-midi, frôlant l'hystérie vers seize heures et dégénérant quasiment en panique à dix-sept heures. La dernière demi-heure imposa aux membres du personnel de F.G. Goode's des exigences que seul leur stoïcisme inné leur permit de satisfaire ; mais enfin, l'ultime vente de Noël fut conclue, la foule renvoyée et les grandes portes vitrées en acajou fermées et verrouillées à double tour.

Fay monta l'escalier de secours quatre à quatre pour se changer et prendre son sac de voyage : si elle voulait arriver à Central Station à temps pour retrouver Myra et attraper le premier train du soir pour les Blue Mountains, elle n'avait pas une minute à perdre. Patty la suivait lentement ; cette journée épouvantable s'achevait et à présent une soirée plus épouvantable encore s'annonçait. Si affreuse que soit la mystérieuse absence de Frank, l'idée de le voir revenir, de le retrouver dans ces nouvelles et terribles circonstances était encore plus affreuse. Elle se dirigea vers son casier d'un pas las : c'était étrange, cette fatigue, ce n'était pas l'épuisement d'une journée de travail, mais une léthargie plus délétère, maladive presque, et le trajet de retour lui semblait être une entreprise démesurée.

Lisa grimpa les marches en sautillant, le cœur léger. Elle vit Magda, à qui elle n'avait pas eu l'occasion de parler durant cette journée extraordinaire. Elle appela son amie, qui se retourna.

« Ah, Lisa, dit-elle avec son plus beau sourire, comment allez-vous ce soir ? Stimulante, cette folie de veille de Noël, n'est-ce pas ? J'ai vendu quatre Modèles Haute Couture cet après-midi à des dames qui assistent toutes à la réception de ce soir chez Mrs Martin Wallruss, elles craignaient à la dernière minute d'être surpassées. Je ris comme une baleine. Dites-moi, vous avez demandé à votre mère si vous pouviez venir à ma soirée ? Inutile d'acquérir le modèle couture pour être élégante, ce que vous avez dans vos placards fera très bien l'affaire.

— Oui, je lui ai demandé, répondit Lisa. Elle m'a chargée de vous remercier, elle dit que je peux y aller – j'ai tellement hâte !

— Très bien, dit Magda. Et maintenant, permettez-moi de vous souhaiter à vous et votre famille un joyeux Noël – là ! »

Et elle embrassa Lisa sur les deux joues.

« Maintenant, dit-elle, j'ai deux mots à dire *pronto* à quelqu'un d'autre, au revoir, Lisa. »

Fay sortait du vestiaire lorsque Magda lui posa une main sur le bras avec élégance.

« Puis-je vous retenir cinq petites secondes, dit-elle avec un sourire charmant.

— Moi ? » demanda ingénument la jeune femme, étonnée.

Magda rit.

« J'ai une requête à vous adresser, expliqua-t-elle. Avec mon mari, nous organisons une fête pour le nouvel an : nous serions ravis que vous puissiez venir. Il y aura beaucoup de gens, dont certains au moins, je l'espère, vous intéresseront – vous nous feriez une grande faveur, car le fait est que nous sommes un peu à court de demoiselles, n'est-ce pas ridicule ? Généralement, ce sont les jeunes hommes qui se font rares. Pour qu'une fête soit réussie, il faut beaucoup de jolies filles. Dites-moi que vous viendrez, s'il vous plaît – Lisa sera là aussi, vous n'aurez pas l'impression de ne connaître personne.

— Euh…, commença Fay, incapable de réfléchir – elle était très pressée et, qui plus est, stupéfaite de cette invitation –, merci, je devrais pouvoir venir… le nouvel an… j'en serais ravie… oui, merci ! »

*Merde**, se dit Magda. Dieu merci, voilà qui est fait. Rudi a sa solide Australienne, grand bien lui fasse.

« Tu sais, Magda, dit Fay à Myra dans le train qui traversait lentement la banlieue avant de filer vers les Blue Mountains. Tu sais, qui s'occupe des Modèles Haute Couture…

— Ah oui, dit Myra. Je vois.

— Eh bien, elle m'a invitée à sa fête du nouvel an.

— Ça alors ! Et tu y vas ? »

Myra avait essayé de persuader Fay de venir avec toute une bande de gens qu'elle connaissait à la soirée de gala du nouvel an qu'organisait son club, alors qu'elle-même serait de service, dans une nouvelle robe de mousseline de soie vert émeraude ornée d'une orchidée en argent et de sequins noirs sur une épaule.

« J'ai accepté, dit Fay. On ne sait jamais.

— Ça pourrait être bien, dit Myra. Avec les Européens, on mange et on boit toujours bien. Pour ça, ils s'y connaissent. Tu pourrais même rencontrer quelqu'un d'intéressant, qui sait ?

— Oh, je pense qu'il n'y aura que des Européens », lança Fay.

Puis elle se dit soudain : comme le comte Vronsky. Il devait être européen.

« Les Russes sont considérés comme des Européens ? demanda-t-elle à Myra.

— Tu penses à qui ? demanda Myra.

— Personne en particulier, dit Fay. Je me demandais, c'est tout.

— Je suppose, oui, dit Myra. Mais tu sais qu'ils n'ont pas le droit de sortir du pays, les Russes. On ne voit jamais de Russes, hein ? Ils sont tous en Russie.

— Tu dois avoir raison, dit Fay. Mais bon, s'ils étaient autorisés à sortir, ce seraient des Européens, non ?

— Oui, je crois bien, dit Myra. Ces gens-là sont tous des Européens. »

30

Dawn était au téléphone avec Joy.

« Tu ne dis *rien*, surtout, ordonnait-elle d'un ton grave. Si tu dis un seul mot, je ne t'adresserai plus jamais la parole. C'est Noël, tout de même.

— Je ne vois pas ce que ça change, fit Joy. Il est parti, non ? Noël ou pas. Il faudra bien qu'on soit au courant tôt ou tard, alors le plus tôt sera le mieux.

— Écoute-moi bien, Joy, déclara Dawn sévèrement. Elle m'a fait jurer. Si je te l'ai dit, c'est uniquement parce que j'ai pensé que tu te douterais de quelque chose et que tu ne ferais qu'aggraver les choses en essayant de le découvrir. Tu n'es donc pas censée savoir quoi que ce soit.

— Ah ça, c'est typique, dit Joy. Typique. Je suis la plus jeune, alors je n'ai pas le droit de savoir ce qui se passe dans ma propre famille. Typique. Je peux toujours poser des questions, je n'ai pas besoin de ton aide pour ça, hein ?

— Franchement, Joy, fit son aînée, exaspérée, un peu de compassion. Je t'ai dit ce qui se passait, je t'ai dit tout ce que je savais. Je ne pense pas que ce soit une bonne idée d'aller tout lui déballer le jour de Noël. Ça te plairait, toi ? Elle essaie de faire bonne figure, elle ne veut pas en parler, c'est normal. Alors, tu te tais, d'accord ?

— Bon, bon, si tu le dis, répondit Joy avec désinvolture en admirant les nouvelles sandales très élégantes qu'elle s'était achetées chez Farmer's, et tant pis pour la remise du personnel de Goode's. Je m'en fiche, je trouve juste qu'en famille, c'est ridicule de devoir faire semblant. Je ne voudrais pas être obligée de faire semblant, si c'était à moi que ça arrivait.

— Non, mais toi, tu es différente, dit Dawn. Tout le monde n'est pas comme toi. Patty aime la discrétion.

— Patty aime les cachotteries, tu veux dire, lança Joy. Elle a toujours été secrète. Eh bien, elle n'a qu'à le garder, son secret, je m'en fiche.

— Bien, fit Dawn. Donc, tu ne diras rien. Et ne dis rien non plus à maman, parce qu'elle ne sait pas que je t'en ai parlé. Elle me l'a confié uniquement parce qu'elle se faisait du souci. Elle m'a dit : tu crois qu'il est parti pour de bon ? Bien sûr que non, maman, je lui ai fait. Frank n'ira pas loin. Il fallait bien que je dise ça pour qu'elle arrête de se faire du souci pour Patty. Mais je ne sais pas. Frank cache bien son jeu, je l'ai toujours pensé.

— Mais enfin, dit Joy. Frank ne cache pas son jeu, Frank est un abruti. Aller loin ! Il n'est même pas capable d'aller d'ici à Manly sans plan. Il a juste piqué une crise et fichu le camp comme ça. Et manque de pot, il reviendra. Pauvre Patty.

— Ce n'est pas une façon de parler, dit Dawn. Frank n'est pas un mauvais bougre, c'est juste qu'il est un peu…

— Borné, dit Joy. Bouché.

— Silencieux, j'allais dire, ajouta Dawn.

— Et encore plus en ce moment, dit Joy en gloussant.

— Tu es horrible, Joy », dit Dawn.

C'était vrai, Joy était horrible.

« En tout cas, on peut être sûres d'une chose, dit Joy gaiement.

— Quoi ? s'enquit sa sœur.

— On peut être sûres qu'il n'y a pas une autre femme, dit Joy.

— Comment ça, une autre femme ? demanda Dawn.

— À ton avis ? Enfin, il est évident que Frank n'a pas quitté Patty pour une autre femme.

— Qu'est-ce que tu en sais ? lança Dawn, ne sachant trop pour qui elle devait s'offusquer de ce qu'avançait Joy.

— Mais bon sang, Dawn, répliqua Joy avec mépris, regarde-le un peu, la prochaine fois que tu le verras, si tu le revois. Frank n'est pas exactement un Casanova.

— Et ce n'est pas plus mal, répondit Dawn avec fermeté.

— Inutile de verser dans l'excès inverse, dit Joy. À le voir, on a l'impression que Frank ne sait pas à quoi servent les femmes.

— Et à quoi servent-elles ? demanda Dawn.

— Je te ferai un dessin, dit Joy, la prochaine fois qu'on se verra. Et tu pourras le donner à Frank s'il revient. Comme ça, vous le saurez tous les deux.

— Tu es horrible, Joy, dit Dawn. Et comment se fait-il que tu connaisses aussi bien Frank ?

— Je devine, dit Joy. Et de toute façon, il suffit de

regarder Patty. Et ainsi de suite. À mon avis, elle est mieux sans lui. Elle devrait renouveler sa garde-robe, prendre des vacances, aller sur la Grande Barrière de corail ou ailleurs et refaire sa vie.

— Évidemment, c'est une façon de voir les choses, fit Dawn, mais je vois mal Patty faire ça.

— Non, dit Joy, c'est vrai. Peu importe. Je ne dirai rien demain : on va passer un joyeux Noël. Au fait, qu'est-ce… », et les deux sœurs firent une dernière réunion au sommet pour déterminer qui s'occuperait de tel ou tel mets de choix le lendemain, où les filles de Mrs Crown, leur mari (si tant est qu'il soit disponible) et leur progéniture (si tant est qu'il y en ait) convergeraient tous chez elle en apportant conjointement et séparément la provende nécessaire à un authentique repas de Noël anglo-saxon confectionné dans les règles de l'art.

31

Il était dix-huit heures passées quand Mr Ryder et Miss Cartright sortirent de chez Goode's le soir de Noël ; ils étaient parmi les derniers à quitter le grand édifice et un sous-fifre attendait près de l'Entrée du Personnel avec un trousseau d'énormes clés, prêt à fermer la porte.

Une Jowett Javelin était garée en double file le long du trottoir et Miss Cartright se tourna vers son collègue. « Voici mon chevalier servant, dit-elle. Nous pouvons vous déposer quelque part ? Nous allons à Turramurra.

— C'est très aimable à vous, répondit Mr Ryder, mais j'ai rendez-vous avec des amis au Pfahlert's pour notre réunion annuelle. D'anciens camarades d'études.

— Amusez-vous bien, dit Miss Cartright, et joyeux Noël !

— À vous aussi, Miss Cartright », fit Mr Ryder en tirant son chapeau alors qu'elle montait dans la voiture, impatiente.

Il descendit Castlereagh Street au milieu de la foule qui se clairsemait et bifurqua dans l'immensité de Martin Place. Il fut pris d'une envie (qui ne le serait pas ?) de passer sous les arcades de la Poste Centrale et, peu après avoir gravi les marches et entamé sa progression, il s'aperçut que la silhouette qu'il voyait au loin poster une lettre dans une des belles boîtes en cuivre était celle de Miss Jacobs. Drôle d'heure pour poster une lettre, se dit-il. Elle avait raté et de loin la dernière levée de Noël. Et elle offrait un spectacle si triste – cette petite dame replète, esseulée, repliée sur elle-même, avec son chignon et son filet à provisions à moitié vide, postant sa mystérieuse lettre – qu'il fut tenté de courir sous les arcades pour la rattraper et… mais à quoi bon. Il voyait mal comment il pourrait égayer une existence visiblement aussi solitaire et secrète – il ne pouvait guère l'inviter à prendre un verre, par exemple. Une glace, peut-être. « Que diriez-vous de m'accompagner chez Cahill's, Miss Jacobs ? Nous pourrions prendre un *Chocolate Snowball.* » Puis il repensa au Pfahlert's. Bon, pas ce soir, se dit-il. Mais peut-être un jour. Oh, Miss Jacobs. Ma pauvre amie. Je vous souhaite un très joyeux Noël.

32

«Je veux que tu prennes un bon petit déjeuner, Lesley, dit Mrs Miles. Tu ne sais pas à quelle heure sera servi le repas de Noël, tu connais ta tante Mavis.»

Cette année, ils passaient Noël chez la sœur de Mrs Miles et sa famille qui habitaient à Seaforth. Les nombreux membres de la famille de Mrs Miles présidaient au festin plus ou moins tour à tour.

«Non, je ne sais pas, on n'a jamais passé Noël là-bas, répondit Lisa.

— Mais si, bien sûr, tu ne te souviens pas? Il y a quatre ou cinq ans de ça, mais si, tu te souviens. On n'avait pas mangé avant trois heures de l'après-midi. Il faut que tu prennes un bon petit déjeuner. Tu veux tes œufs à la coque, au plat ou brouillés?

— Beurk, fit Lisa. Magda dit qu'il ne faut pas manger d'œufs au petit déjeuner, ça...

— Je me fiche de ce que dit Magda, dit Mrs Miles. Magda ne sait pas tout. Si tu ne prends pas d'œufs au petit déjeuner, tu ne te remplumeras jamais. Tu maigriras à vue d'œil. Tu es encore en pleine croissance. Prends des œufs brouillés, je mettrai deux tranches de bacon avec, comme tu aimes.

— Bon, bon, d'accord, consentit Lisa d'une voix traînante, tout ce que tu veux, du moment que j'ai la paix.

— À la bonne heure», dit sa mère.

Mr Miles entra.

«Trois œufs, lança-t-il, au plat, avec le jaune coulant et quatre tranches de bacon. Le thé est prêt? Je prendrai aussi des toasts en attendant. Je pourrais avaler un cheval, comme on dit. Et franchement, j'ai vu des canassons dont il n'y a rien d'autre à tirer.

— On peut ouvrir les cadeaux maintenant? demanda Lisa.

— Quels cadeaux? s'enquit son père.

— Papa, tu sais quel jour on est? dit Lisa.

— Ah, tu parles sans doute des cadeaux de Noël, répondit Mr Miles. Eh bien, je n'en sais rien. Ce n'est pas mon rayon, c'est celui de ta mère.

— Nous ouvrirons les cadeaux après le petit déjeuner, dit Mrs Miles. Chaque chose en son temps.

— Bien, je suppose que vous attendez toutes les deux un petit quelque chose de ma part. C'est bien normal. C'est Noël, après tout. Voyons voir ce que je trouve.»

Il fouilla dans ses poches et trouva de la monnaie.

«Non», dit-il. Il fouilla dans une autre poche. «Ah, voilà qui est mieux. Tiens, Lesley, ajouta-t-il en lui tendant un billet de dix livres. Et ça, c'est pour toi, Cora. Joyeux Noël à toutes les deux.»

Mrs Miles baissa les yeux, déconcertée. Il lui avait donné vingt livres. La seule vue du billet était une nouveauté.

«Mince. Merci, Ed, dit-elle. C'est très gentil.»

Lisa poussait des cris de joie.

« Ça alors, papa, s'écria-t-elle. Merci !

— Bon, bon, dit le *pater familias*. Allons-y. Seaforth ? On peut peut-être aller se baigner d'abord. Qu'est-ce que vous en dites ? Un bain de Noël, rien de tel ! »

33

« Doreen apporte un gros jambon, dit Mrs Parker à Myra, et aussi le pudding, et John et Betty apportent les poulets, ils pourront les mettre au four dès qu'ils arriveront. Je l'allumerai, comme ça ce sera prêt. Donc, si on peut finir les légumes avant que tout le monde débarque, il n'y aura plus rien d'autre à faire. À part la sauce. »

Myra pelait deux kilos et demi de pommes de terre. Ils seraient treize à table en comptant le petit. Ça portait malheur. Mieux valait ne pas compter le petit.

« Vous avez fini de mettre la table, avec Fay ? » demanda sa mère.

Pour le repas, ils se serreraient autour de la table de ping-pong dans la véranda de derrière ; elle était à présent recouverte de la plus belle nappe de Mrs Parker qu'elle avait gardée depuis son mariage, mais, comme elle n'était pas assez large, il y avait un grand drap dessous.

« Bien sûr, dit Myra. Fay est en train de plier joliment les serviettes. »

Fay avait acquis ce talent au cours de ses années de serveuse ; elle les pliait en forme de mitre. Mrs Parker posa son épluche-légumes et alla s'assurer que tout était en place.

« Que c'est joli, dit-elle à Fay. Ça fait très chic. »

Plus tard, bien plus tard ce jour-là, Fay jouait à la corde à sauter sur la pelouse avec les nièces de Myra pendant que ses neveux chahutaient dans les arbres et les petits épuisés dormaient sur un plaid. Les hommes buvaient de la bière et Myra, sa mère, sa sœur et sa belle-sœur papotaient sur des chaises longues.

« Il faut que tu lui trouves un mari, à Fay, disait Mrs Parker. Pas une de ces racailles de ta boîte de nuit. Quelqu'un de stable et de gentil. Regarde comme elle joue avec les filles. Elle s'entend bien avec les enfants, ça se voit. Il faut qu'elle se marie et qu'elle en ait.

— J'ai fait de mon mieux, dit Myra. Mais elle est difficile.

— Et elle a bien raison, dit Mrs Parker. Avec les hommes qu'on voit de nos jours.

— Qu'est-ce que tu en sais, maman ? demanda Doreen.

— Tu serais surprise, répondit Mrs Parker.

— Elle parle de ceux avec qui je sors, dit Myra.

— Houlà », dit Doreen.

Myra et elle se mirent à rire.

« Tu vois toujours Jacko Price ?

— Oh, de temps en temps, dit Myra.

— Je ne veux plus jamais entendre parler de cet homme, dit Mrs Parker d'un air sévère. Après ce qu'il a fait.

— Oh, il n'est pas méchant, maman, dit Myra. J'ai vu pire.

— Je ne tiens pas à savoir, dit Mrs Parker. Mais

j'aimerais que tu trouves quelqu'un de gentil, pour Fay. C'est une fille charmante. C'est dommage qu'elle n'ait pas rencontré quelqu'un de bien qu'elle puisse épouser. La pauvre, elle n'a pas vraiment de famille, il lui faut un mari.

— Oui, lança Myra. Tu dois avoir raison.

— Évidemment que j'ai raison », dit sa mère.

34

« Dommage que Frank ne puisse pas être là », dit gentiment Bill, le mari de Dawn.

Patty avait l'air abattue.

« Oui, dit-elle. On n'y peut rien. »

Je me demande s'ils savent, songea-t-elle. Je me demande ce que maman leur a dit.

Ils étaient tous dans le jardin où ils avaient tiré deux tables qui, mises bout à bout (il y avait un écart de cinq centimètres de hauteur en plein milieu), leur permettaient de tenir tous. Il y aurait eu de la place pour Frank. Patty ne se sentait pas très bien : elle avait très peu mangé et, de plus, elle était gênée par les regards perçants que lui jetait régulièrement Joy. Enfin quoi, elle faisait de son mieux, elle faisait vraiment de son mieux, elle voulait seulement qu'on lui fiche la paix. Il fallait qu'elle réfléchisse. Ils venaient de terminer le pudding et s'apprêtaient à tirer les crackers de Noël ; Dawn apportait une grande théière et Joy suivait avec les tasses. Ce sont de gentilles petites, mes filles, se dit Mrs Crown. Je n'ai pas à me plaindre. Ah là là, pauvre Patty. Quelle tristesse.

« Tire ce cracker avec moi, Patty », dit-elle.

Le claquement du pétard ébranla davantage encore les nerfs de Patty. Elle se retrouva avec un petit bout de papier sur lequel était écrit quelque chose.

« Qu'est-ce que ça dit ? » demanda sa mère.

Patty lut à voix haute :

« Ris et le monde rira avec toi. Pleure et tu pleureras tout seul. »

Sur ce, elle éclata en sanglots et courut se réfugier dans la maison.

« Tante Patty est souffrante, dit Dawn aux enfants, alors essayez d'être sages. Quand vous aurez fini de tirer les crackers, vous pourrez vous lever de table et aller jouer. Oui, vous pouvez vous faire une cabane dans le clapier. Ou jouer au loto avec votre nouveau coffret. »

Quand elle eut détourné l'attention des enfants, elle jeta à Joy un regard noir lourd de sens et suivit sa mère à l'intérieur de la maison. Restée seule avec son mari et son beau-frère, Joy alluma une cigarette.

« Que voulez-vous, dit-elle, j'avais bien dit à Dawn que c'était ridicule de faire semblant. Je savais que ça ne marcherait pas. Frank est un sale égoïste, cela étant. Pauvre Patty. Je divorcerais si j'étais elle. »

Bill semblait mal à l'aise ; il ne savait pas envers qui il devait se montrer loyal en priorité.

Dave, le mari de Joy, qui avait réussi et était promis à un plus bel avenir encore, offrit un cigare à son beau-frère.

« Il reviendra, dit-il. Ça lui passera. Il a juste besoin de faire le point. Pauvre bougre. Tu as mis les bières au frigo comme je te l'ai demandé, Joy ? On va s'en descendre quelques-unes, je suis assoiffé avec tout ce que j'ai mangé. »

Joy alla aider à faire la vaisselle et trouva Patty devant l'évier.

« Ne t'en fais pas, Patty, dit-elle. Il ne va pas tarder à revenir. Tu ne t'apercevras même pas qu'il était parti. »

Elle disait vrai : c'était bien là le problème.

« Je ne sais pas, répondit Patty. Je verrai. Je verrai quand il reviendra. »

35

Ils commencèrent par du *pâté de foie gras** sur des toasts finement tranchés, suivi de caneton aux cerises noires, puis d'une sorte de *bombe surprise** avec beaucoup de fruits confits à l'intérieur, et il n'y avait strictement que du champagne à boire. L'année avait été faste et ils espéraient tous que l'année prochaine serait tout aussi faste.

« Tout ne va pas pour le mieux dans le meilleur des mondes, dit Stefan. Nous le savons, mais dans l'ensemble je crois que les plus chanceux d'entre nous peuvent connaître une once de bonheur de temps en temps.

— Stefan devient philosophe, dit Rudi. Il faut lui redonner du champagne, à ce pauvre bougre.

— Pas tant philosophe que sentencieux, dit Gyorgy. Donnez-lui un coup de poing. Pas trop fort, mais palpable.

— Laissez-le tranquille, dit Eva, il est hors de question que mes invités se tapent dessus le jour de Noël. Être philosophe ou sentencieux est un privilège en pareille occasion. Buvons au Commonwealth d'Australie. Quel pays ! Je n'en reviens toujours pas de connaître un tel destin. Moi, sujette du monarque anglais – non mais, je vous le demande ! Remplis les verres, Sandor. Au Commonwealth d'Australie ! Et à la reine ! »

Vingt verres furent levés au son des rires et l'on porta des toasts, puis la fraction adulte de l'échantillon des vingt Européens, majoritairement hongrois, qui se trouvaient présents autour de la table allumèrent cigarettes et cigares. Ils restèrent là un long moment à discuter, puis ils descendirent à Balmoral Beach et jouèrent à quelque chose qui ressemblait vaguement à du football.

« C'est très beau ici, dit Magda à Stefan alors que le soleil se couchait. Vraiment.

— Tu es heureuse ? lui demanda-t-il.

— Bien sûr que non ! s'exclama Magda. Quelle suggestion vulgaire ! Et toi ?

— Holà, j'espère bien que non. »

36

« Et maintenant, chère Lisa, si vous voulez bien vous assurer que les robes sont toujours dans le même ordre que dans mon livre d'inventaire, ce sera très aimable à vous. Miss Cartright vient me voir dans une demi-heure et nous déciderons du prix soldé. Et puis, cet après-midi ou demain, vous finirez d'établir les étiquettes et tout sera prêt. Bien. J'apprends que Mrs Bruce Pogue donne une *grande fête** pour le nouvel an – la pauvre, elle ne sait pas qu'elle tombe en même temps que la mienne, j'ai déjà sélectionné la crème de la crème –, je serais morte d'étonnement si quelques-unes de ces dames ne venaient pas ici aujourd'hui ou demain en cherchant désespérément à obtenir une robe pour l'occasion. Elles me demanderont si elles peuvent les avoir au prix soldé et je leur dirai : Ah non, madame, je regrette, ce n'est pas possible, je suis absolument navrée. Elles paieront le prix fort, pour ne pas avoir l'air pingres. *Vraiment, on s'amuse ici**. Tenez, voilà le livre d'inventaire, prenez-le et faites ce que vous pouvez, *ma chérie**. »

Lisa retrouva la féerie parfumée des Modèles Haute Couture et remarqua qu'un certain nombre de ses habitantes avaient été dépêchées dans le monde extérieur depuis sa dernière reconnaissance. Tara était partie, ainsi que Minuit. Presque malade de peur, elle balaya la liste pour découvrir le plus vite possible le sort réservé à Lisette puis obligea son regard à se déplacer sur la dernière colonne. L'espace était vide ; la robe n'était pas encore vendue et attendait là, sur son cintre. Bien sûr, elle ne l'attendait pas, c'était impossible, mais tant qu'elle occupait son placard d'acajou de Goode's, elle lui appartenait encore en un sens, si infime soit-il. Lisa devait à présent s'assurer qu'elle était toujours bel et bien là.

Elle chercha sur le portant et n'eut aucun mal à la trouver – ses volants blancs dépassaient gaiement des contours plus sobres de ses voisines et elle fit doucement de la place devant pour mieux l'admirer. Lisette était plus ravissante encore chaque fois qu'elle la voyait : c'était véritablement une œuvre d'art. Lisa resta immobile, en contemplation.

Elle sentit soudain une présence derrière elle et, quand elle fit volte-face d'un air presque coupable, elle tomba sur Magda qui arborait un grand sourire.

« Ah, Lisa, s'exclama-t-elle, vous êtes tombée amoureuse, j'en ai bien peur – j'aurais dû prévoir le danger ! Oui, c'est une jolie petite robe, elle est même adorable, sincèrement – je ne sais pas pourquoi nous ne l'avons pas vendue. Évidemment, elle est minuscule, bien trop petite pour la plupart de nos clientes, et par ailleurs bien trop jeune pour elles, bien qu'elles s'en moquent – Mrs Martin Wallruss la voulait, vous imaginez ! –, mais je l'ai sauvée plus d'une fois d'un tel sort. *Eh bien**, il faudra la solder, peut-être qu'une fille pleine de bon sens qui a économisé son budget vestimentaire viendra à son secours. Elle est à combien ? Voyons voir, cent cinquante guinées – elle n'est pas si chère, je suppose qu'elle sera soldée à soixante-quinze, ces robes blanches se salissent si vite, il faudra la mettre à moitié prix. Mais je ne vous retiens pas plus longtemps, poursuivez votre tâche. »

Et elle s'éloigna majestueusement, apparemment indifférente aux ravages que ses paroles avaient causés.

Soixante-quinze guinées ! Jusque-là, Lisa ne s'était pas rendu compte que, dans un coin de sa tête, elle rêvait déjà de posséder la robe, qu'elle avait même calculé qu'une fois soldée, elle reviendrait peut-être au montant total de ses gains, qu'elle conservait, à part ce qu'elle avait dépensé en cadeaux de Noël, dans sa tirelire en forme de boîte aux lettres. Et maintenant, elle voyait Lisette disparaître dans la penderie d'une jeune fille pourvue d'un budget vestimentaire raisonnablement administré ; elle l'avait quasiment perdue ; elle voyait son plus cher désir arraché à sa main si hésitante ; c'était un moment de désolation absolue. Soudain démoralisée, elle reprit sa tâche.

Durant l'interrègne qui séparait Noël du jour de l'an, les Robes de Cocktail étaient également en pleine organisation des soldes et Lisa était très occupée par le tri et les vérifications à faire. Les derniers préparatifs seraient effectués après la fermeture du magasin, la veille du jour de l'an : certains employés resteraient plus longtemps à cet effet et les soldes débuteraient dès le 2 janvier, et si vous pensez que Noël était une foire d'empoigne, l'avertit Miss Jacobs, attendez un peu de voir les soldes ! À l'heure du déjeuner, Lisa fut plus que soulagée de s'échapper de Goode's ; elle s'assit au bord de la fontaine Archibald et regarda les passants, troublée par un vague sentiment de mécontentement et d'incertitude, qui n'était pas seulement, pensait-elle sincèrement, causé par le regain d'anxiété que lui inspiraient les résultats de ses examens et leurs conséquences, conjugué à l'inaccessibilité de Lisette : le pire, c'était qu'elle avait oublié son livre ; elle n'avait rien à lire.

37

« C'est mon mari, dit Patty, assise fébrilement au bord de la chaise.

— Oui ? » dit le médecin.

Ce n'était pas son médecin habituel ; ce dernier était en vacances et Patty voyait son remplaçant, un inconnu : jeune, vif, l'air intelligent ; intimidant.

« Voyez-vous, dit Patty, mon mari... il...

— Vous savez, Mrs... euh... Williams, vous pouvez certes me parler de votre mari, mais le mieux, ce serait qu'il vienne en personne ; autrement, je ne peux pas grand-chose pour lui.

— Oui, enfin, répondit Patty d'un ton désespéré, c'est bien le problème, voyez-vous, il ne peut pas venir parce qu'il n'est pas là. Il est parti.

— Vous feriez mieux de m'expliquer, je crois, dit le médecin.

— Eh bien, il est parti il y a tout juste une semaine. Je ne sais pas où il est allé. Il ne me l'a pas dit. Mais je suis inquiète pour son travail. Je leur ai raconté qu'il était malade cette semaine, mais ils comptent sur lui la semaine prochaine et je ne sais pas quoi leur dire. Je ne sais pas quoi faire. »

Elle se mit à pleurer. Le médecin la regarda.

« C'est une situation qui ne peut pas durer indéfiniment, dit-il. Ça lui était déjà arrivé ?

— Oh non, sanglota Patty. Je ne sais pas ce qui lui a pris.

— Vous en avez parlé à la police ? demanda le médecin.

— Oui, ils disent que c'est fréquent. Que la plupart des gens reviennent. J'ai fait le signalement ce soir. Au cas où il aurait eu un accident ou autre chose. Je ne sais pas. Mais il faudra bien que je leur dise quelque chose, à son travail, s'il ne revient pas la semaine prochaine.

— Je comprends le problème, dit le médecin sèchement. Mais je ne peux guère vous donner un certificat médical pour un patient que je n'ai jamais vu. Vous comprenez, j'en suis sûr. »

Puis son humanité l'emporta soudain sur ses principes et il sourit presque à la créature larmoyante qu'il avait en face de lui.

« Vous savez quoi ? J'ai une idée ! S'il n'est pas rentré avant le nouvel an, téléphonez à son patron et dites que le médecin – ne citez pas mon nom – pense qu'il a un zona. Ça devrait faire l'affaire. Vous avez entendu parler du zona ? Non ? Eh bien, le zona, c'est l'idéal. Voyez-vous, personne ne sait d'où ça vient, ni pourquoi, et personne ne peut dire combien de temps ça dure. Tout ce qu'on sait, c'est que ça fait un mal de chien et que, quand on a ça, on n'est absolument pas en état de travailler. Si, enfin, je veux dire quand votre mari rentrera, il faudra qu'il vienne en consultation pour obtenir un certificat pour un congé de maladie, s'il en veut un, bien sûr, on devra trouver quelque chose de plus ou moins plausible. Mais pour l'instant, dites-leur que le médecin pense que c'est un zona. Il ne sait pas combien de temps ça peut durer. Qu'est-ce que vous en pensez ?

— Merci, docteur, lâcha tristement Patty. Je leur dirai ça. Un zona.

— Et vous, Mrs Williams ? Vous avez une petite mine ; évidemment, c'est compréhensible étant donné les circonstances, il faut prendre soin de vous. Vous avez de la famille, des amis pour s'occuper de vous ? Vous avez besoin de soutien dans un moment pareil. Essayez de ne pas prendre ça trop à cœur. Il reviendra, c'est bien possible. Les hommes font des choses comme ça, parfois. Allez savoir pourquoi – ils refoulent, ne savent pas exprimer leurs sentiments, ils sont bêtes, franchement. Vous mangez normalement, vous dormez ? C'est bien. Revenez me voir si vous pensez que je peux vous aider. Ménagez-vous. Bien, Mrs Williams. Bonne soirée. »

Patty était encore si fatiguée qu'elle aurait pu aller se coucher directement en rentrant de chez le médecin alors qu'il n'était que huit heures et demie du soir. Elle regarda un moment la télévision, puis elle arrêta de lutter et se mit au lit. Dans le noir, elle se rappela soudain une chanson qu'elle avait entendue il y avait très longtemps de cela – la chantaient-ils à l'école ?

Swing low, sweet chariot, comin' for to carry me home
Swing low, sweet chariot, comin' for to carry me home.

Elle pleura quelques instants puis s'endormit.

38

« Et si on enlevait les manches, dit Lisa. C'est possible ?

— Oui, répondit sa mère. Mais dans ce cas, il faudrait coudre des parementures. À moins que je me contente de mettre de l'extra-fort tout autour. Ça suffirait peut-être, personne ne le verrait. »

Lisa s'assit et défit les manches, puis sa mère trouva du biais qu'elle cousit autour de l'emmanchure. Lisa renfila la robe.

C'était celle que sa mère lui avait confectionnée pour le bal de fin d'année du lycée ; elle était en broderie anglaise blanche, avec une jupe froncée et des manches ballon – enfin plus maintenant. Lisa se regarda dans la glace.

« Tu ne crois pas que ce serait mieux, si on la rallongeait ?

— Ah, tu la veux longue ? demanda sa mère.

— Non, juste un peu plus », dit Lisa.

Elle l'ôta et regarda l'ourlet. Il y avait une bonne douzaine de centimètres ; sa mère n'avait jamais renoncé à l'habitude de faire de grands ourlets à toutes ses robes, comme pour les enfants. Mrs Miles le décousit.

« Il va y avoir une marque, dit-elle. Il vaut mieux que je la lave. »

Le soir, elle était presque sèche et Lisa la repassa et l'essaya de nouveau.

« Elle fait plus femme, c'est sûr, dit sa mère. C'est très joli.

— Il lui faut une ceinture, je pense, dit Lisa. Je pourrai m'en acheter une à l'heure du déjeuner, demain. J'en prendrai peut-être une argentée.

— Ah oui, ce serait parfait, dit sa mère. Avec une ceinture argentée et tes sandales blanches à talons, tu seras ravissante.

— Oui, ça ira très bien, dit Lisa. C'est juste une petite soirée, pas une *grande fête**.

— Tu vas bien t'amuser, dit sa mère. Tu as beaucoup de chance à ton âge d'aller à une soirée avec des adultes. Il faudra bien te comporter, surtout. C'est très gentil de la part de Magda de t'avoir invitée.

— Et de Stefan, dit Lisa.

— Oui, de Stefan aussi », dit sa mère.

Je me demande comment ce sera, se disait Fay. Comment c'est, chez elle ? Est-ce que c'est chic ? Magda lui avait écrit l'adresse sur un bout de papier. Mosman : je ne connais personne qui habite à Mosman, se dit Fay. Il y a beaucoup d'Européens, là-bas. L'appartement est sûrement décoré de façon moderne : apparemment, les Européens aimaient bien le moderne. Qu'est-ce que je vais mettre ?

Elle sortit toutes les options et les contempla en se demandant ce qui ferait le meilleur effet sur une Européenne, quelqu'un qui appréciait le moderne. Je vais mettre celle à rayures vertes et blanches, se dit-elle. C'est la dernière. Elle avait beaucoup d'appréhension : je me demande pourquoi elle m'a invitée, moi. Magda, dont le mari s'appelait Stefan, et tous ses amis européens. Voudra-t-on me parler ? De toute façon, il n'y aura sûrement que des vieux. Ça a le mérite d'être inhabituel, c'est déjà ça : je peux toujours rentrer de bonne heure si je m'ennuie. Si d'emblée… quoi qu'il en soit, je vais me faire une mise en plis et les ongles maintenant, comme ça, je serai prête pour demain soir. Au moins, ça me changera. Essaie encore. Ah là là.

39

« Lisa ! – Vous connaissez Rudi, bien sûr, là-bas, près de la fenêtre, il ne vous a pas vue – mais reculez, que je puisse vous admirer – *Oh là là**, vous êtes absolument charmante ce soir, une femme s'épanouit le soir ! – et voilà Stefan. Que buvez-vous ? Donne-lui un peu de punch, Stefan, il faut bien qu'elle en goûte une fois dans sa vie. Attention, Lisa, il a mis une bombe atomique dedans, c'est plus mortel que ça n'en a l'air – *voilà**.

« Venez que je vous présente Sandor et Eva, et voici leur fils Miklos, d'accord, Michael, il insiste pour qu'on l'appelle comme ça, maintenant, c'est un authentique *Aussie*, comme on dit, un vrai petit Australien, il ne sait même plus parler hongrois, il vient de finir ses études, comme vous – mais si vous voulez bien m'excuser un instant, je vois des invités qui arrivent et que je dois saluer… George, Anna, Bela, Trudi ! Enfin – entrez, venez boire un verre, deux verres même, vous avez du retard à rattraper – Oh, tu as apporté ton violon, je vois, c'est merveilleux – oui, nous avons fait de la place pour danser, si jamais ça tente quelqu'un – Fay, venez que je vous présente Bela, il jouera du violon rien que pour vous si vous lui souriez gentiment, je peux vous offrir un autre verre ? Stefan, par ici, je te prie…

« Milos, tu connais Trudi ? Anna, voici Lisa, qui travaille avec moi, c'est mon pilier mais elle est intelligente, bientôt, elle sera appelée à de grandes destinées – Sandor, ressers-toi de punch – ah ! ça sonne encore, excusez-moi… Janos, tu connais tout le monde, je crois – du champagne ! Un magnum ! C'est toi que je préfère – on la garde pour minuit ? Sers-toi donc un punch, si tu oses, autrement, il y a du vin, blanc ou rouge – voici Lisa, que tu ne connais pas, et Fay – excusez-moi, Anton et Marietta viennent d'arriver, je crois qu'ils ont amené des amis avec eux, il faut que je sois une bonne hôtesse…

« Lazlo, enfin ! Oui, en temps et en heure, mais je crois que tu arrives trop tard, elle danse déjà avec Rudi, comme tu vois, et il est plus beau que toi, enfin, les goûts et les couleurs, ça ne se discute pas. Viens que je te présente Lisa – ah non, là aussi, tu arrives trop tard, elle danse avec Miklos qui se fait appeler Michael. Va donc danser avec Anna – elle ne parle qu'avec Stefan, on se demande bien pourquoi : allez, vas-y.

« Ouf ! Alors, Stefan, le punch est comment ? Bien. Tout le monde est là, je peux me détendre ? Nous avons invité cinquante personnes, je suis sûre qu'il y en a au moins quarante-sept ici, je ne sais pas s'il y aura assez à manger. Oh et puis zut, tant pis. Redonne-moi du punch, c'est moi qui ai du retard à rattraper. Fay danse toujours avec Rudi, Lisa parle à Miklos ou Michael, *ça c'est bon**. Ils ont tous l'air de s'amuser, je peux peut-être suivre leur exemple, non ? Ah, Bela sort son violon – non, on va attendre que le disque soit fini, et après il jouera. Ressers-lui à boire, il joue bien mieux quand il est saoul.

« Fay, vous dansez si bien – je vous admirais, quel dommage que vous n'ayez pas un meilleur partenaire, mais bon, il y met de l'enthousiasme. Tout à l'heure, Bela jouera du violon et vous pourrez apprendre quelques danses hongroises, c'est assez facile – voilà ! On se prend tous par la main et puis...

« Oh, mon Dieu, j'ai cru mourir de rire, à l'instant – Stefan, le punch est comment ? Tu en as refait ? Il te restait une autre bombe atomique, hein ? Tu penses à tout. Regarde Anton, je crois qu'il va tomber par la fenêtre. Ressers-moi à boire.

« Lisa, n'oubliez pas de manger ou vous allez être ivre et votre mère ne me le pardonnera jamais. Prenez un canapé – c'est ça, Michael, garde l'assiette, vous pourrez les manger ensemble, ce sera juste pour vous, vous avez besoin de prendre des forces, vous les jeunes. Ah, la musique recommence, on danse...

« Resservez-vous à boire, Stefan a refait du punch... Trudi... Lazlo... du blanc ou du rouge ?... Ah, une valse, quelle bonne idée... mangez quelque chose... *boum !*

« Lisa, George et Anna vont vous raccompagner, c'est facile, ils habitent à Lindfield – Fay ? – bon, si vous pensez qu'il peut aller jusque-là – vous n'avez pas vu sa voiture, c'est une vieille guimbarde, je vous aurai prévenue. Bonne année ! Bonsoir, bonsoir – enfin bonjour, oui ! Soyez prudents ! Bonne année ! Mon Dieu ! J'ai cru qu'ils ne partiraient jamais – il est deux heures, c'est ça ? Ou trois ? Je me disais, aussi. Moi aussi, je t'aime – Bonne année ! »

40

Les grandes portes s'ouvrirent et la phalange de viragos à la mine sombre s'engouffra au petit galop dans la brèche et cavalcada au bas des marches ; la troupe mit cinq bonnes minutes à défiler devant le lieutenant-colonel d'opérette qui se tenait à distance respectueuse. Bravo, mesdames, se dit-il : voilà qui est digne des plus beaux départs qu'il m'ait été donné de voir ces douze dernières années.

Ce n'était que l'avant-garde, il le savait : des troupes supplémentaires continueraient à arriver en grand nombre dans l'heure suivante, en plus petit nombre jusqu'au déjeuner et en force tout au long de l'après-midi. Le régiment d'élite du premier jour serait remplacé par les bataillons à peine moins déterminés du deuxième jour et de ceux d'après, mais de quelque point de vue que l'on se place, durant les dix jours suivants, Goode's serait, disons-le tout net, un véritable champ de bataille ; des récompenses seraient décernées et assurément méritées ; des trophées exposés ; et s'il n'y avait pas de pertes humaines, des blessures de toutes sortes seraient sans nul doute à déplorer ; les soldes avaient commencé.

Chaque étage de l'immense bâtiment offrait en

substance le même spectacle : des centaines de femmes, toute prudence, toute dignité abandonnées, se disputant le droit de s'approprier robes, jupes, tricots, chaussures, chemisiers et chapeaux à prix bradés. Comment pourrait-on leur en vouloir ou ne serait-ce que les critiquer ? Elles obéissaient non pas à une pulsion aussi élémentaire que l'avidité ou la vanité, mais à une loi biologique qui les poussait à se faire belles ; et elles espéraient à présent satisfaire à ce diktat sans pour autant se ruiner. Elles étaient sur l'éternel fil du rasoir ; une poignée d'entre elles étaient destinées à réussir dans cette entreprise en vertu d'un goût très sûr ou d'une chance extraordinaire. C'était avec de tels espoirs qu'elles venaient par centaines de la distante Kogarah, de la lointaine Warrawee, de l'impossible Longueville ou de Wollstonecraft, et le lieutenant-colonel leur souhaitait bon vent.

La respectable matrone de North Shore était là ; tout comme Joy ; et Myra avec des requêtes de Doreen, en plus de ses propres desiderata ; la mère des rejetons tristement célèbres du patron de Frank était également venue, accompagnée desdits rejetons, et tout ce petit monde avait mis le cap sur les Souliers pour Enfants ; et Mrs Miles avait été convaincue par Lisa d'aller au moins jeter un coup d'œil aux Sports et Loisirs afin de dépenser ses vingt livres pour s'offrir un vêtement qu'elle puisse se mettre sur le dos sans plus attendre et, surtout, sans suer sang et eau sur une machine à coudre capricieuse. « Avec ma remise du personnel, ça revient quasiment au même prix, maman », lui avait-elle dit. Elles devaient donc se retrouver à l'heure du déjeuner pour faire le bilan.

Eva, Trudi, Anna et Marietta étaient arrivées moins

de deux heures après l'ouverture, et Dawn, juste avant le déjeuner. Elle entra dans le sillage de lady Pyrke, qui venait depuis trente ans si ce n'est plus à cette même heure, ce même jour, dans le but d'acquérir une douzaine de sous-vêtements à prix cassé ; cette cérémonie accomplie, elle se rendait à pied au Queen's Club en bravant la chaleur et la foule avec une immuable indifférence, y savourait un petit poisson poché suivi d'une longue sieste, un exemplaire de *Time and Tide* ouvert sur les genoux. Son chauffeur avait pour instruction de passer la chercher à quinze heures.

Seuls les Modèles Haute Couture échappaient à l'anarchie licite qui s'était emparée des lieux ; il était probable que l'étendard de la bienséance n'y serait jamais baissé. Celles qui n'étaient pas intimidées par les prix affichés le seraient par quelque chose d'indéfinissable dans l'œil de Magda. Elle savait au premier coup d'œil qui étaient ses clientes potentielles : elle savait non seulement qui achèterait cette année, mais aussi qui était susceptible, pour peu qu'on l'encourage, de revenir acheter l'année suivante ; et elle savait qui n'achèterait jamais. En voyant Joy, elle aurait peut-être esquissé un léger sourire ; en voyant Dawn, elle aurait imperceptiblement froncé le sourcil. Pour le moment, soit peu avant quinze heures, Mrs Martin Wallruss et Mrs Bruce Pogue, qui avaient déjeuné ensemble chez Romano's, s'apprêtaient à porter le coup de grâce de la saison : trois robes pour le prix de deux, avec des soirées par dizaines en perspective. La dernière colonne du livre d'inventaire de Magda se remplissait allègrement et, au milieu du chaos qui régnait aux Robes de Cocktail, Lisa, qui voyait la scène, se demandait avec anxiété si elle reverrait jamais Lisette.

41

« Rudi ! Que faites-vous là ? Vous voulez acheter une robe ?

— Ma chère Lisa – j'avais complètement oublié que c'était également votre fief. N'est-ce pas un mot magnifique, fief. Non, en fait – comme vous êtes mon amie, j'espère que vous savez garder un secret –, j'aimerais dire quelques mots à Fay. Elle est là ? Oh, comme c'est regrettable. Bien, j'attendrai qu'elle revienne. Peut-être vais-je acheter une robe, finalement – elles sont si peu chères en ce moment que ce serait dommage de s'en priver. Laquelle recommanderiez-vous ? Tenez, celle-ci – vous pensez qu'elle m'irait ?

— Vous devez partir, Rudi. Si jamais Miss Jacobs me surprend à parler avec vous, elle piquera une crise. Allez-vous-en et revenez d'ici une dizaine de minutes.

— Bon, bon, puisque vous ne voulez pas de moi, je vais aller saluer Magda, où est-elle ? Ah, je la vois, merci. Elle ne voudra pas non plus de moi mais je passerai outre. Je vous dis donc à bientôt. »

« Fay, Rudi te cherche. Il est avec Magda.

— Mince alors – je vais aller le voir – merci. »

La lueur de ravissement qui avait jailli dans ses yeux ne trompait pas. Ça alors, se dit Lisa.

« Fay, enfin. Comme je ne pouvais pas vous téléphoner, je suis venu vous voir pendant ma pause-déjeuner pour vous demander si vous vous aventureriez à sortir vendredi soir avec moi. Dites oui, je vous en prie. Nous pourrions aller voir un film et dîner après, ou ce que vous voulez. Dites oui sur le principe, nous pourrons discuter des détails au téléphone si vous m'appelez ce soir, voilà le numéro. Que je suis content ! Ce soir, donc, n'oubliez pas ! »

« Lesley, d'accord, *Lisa*, un certain Michael Foldes t'a appelée il y a une demi-heure, il a dit qu'il rappellerait ce soir. Ah, je vois. Humm. Eh bien, s'il veut t'inviter à sortir, il doit venir te chercher ici pour que je le rencontre, même si c'est un ami de Magda, je ne sais pas qui c'est et, de toute façon, comment veux-tu qu'il te respecte s'il n'a pas rencontré tes parents d'abord, ou en tout cas moi. Oui, eh bien, il faudra qu'il attende samedi soir, il peut bien attendre jusque-là s'il tient à toi, et toi aussi. J'espère qu'il n'est pas trop vieux pour toi. Non, alors tant mieux. Ah oui, il était à Shore School ? Bon, ça devrait aller. Il m'a eu l'air très gentil, très poli. À l'entendre, on ne dirait pas qu'il est européen. Oui, c'est vrai que s'il a grandi ici il est plutôt australien. Tiens, le téléphone sonne, va répondre, c'est peut-être lui qui rappelle. »

« Dave m'a dit que je pouvais dépenser cinquante livres, alors j'ai regardé les robes de cocktail, tu sais que nous avons une réception, bientôt, mais je n'ai rien vu qui me plaisait ; je verrai ce qu'ils ont chez Farmer's ou j'attendrai peut-être que les soldes commencent du côté de Double Bay, je crois qu'il y en a chez Jay's la semaine prochaine. J'ai pris des petites choses pour les enfants, et toi ? Oui, ça vaut la peine. Oui, j'ai vu Patty rapidement, mais elle était tellement occupée que je n'avais pas vraiment le temps. Et toi ? Oui, mais elle est toujours si pâle, on ne voit pas vraiment la différence. Qu'est-ce que tu crois ? Ça fait deux semaines qu'il est parti, il n'a pas l'air pressé de revenir. Si tant est qu'il revienne. Je ne serais pas étonnée qu'il ait fichu le camp ailleurs. Et tant mieux. Non, enfin, pour l'instant, il lui manque peut-être, mais elle s'en remettra. Ce n'est pas comme si elle avait des enfants qui lui font penser à lui. Elle n'a à se soucier de personne, sinon d'elle-même. Elle a le temps de refaire sa vie si elle veut bien se ressaisir et s'arranger un peu.

« Mais enfin, ce n'est plus une gamine, elle est assez grande pour se débrouiller toute seule, elle est plus vieille que moi, je ne vais pas lui courir après. Pourquoi ne va-t-elle pas habiter chez maman ? Elle peut laisser un mot à Frank, il n'a même pas pris cette peine, lui. Si Dave me faisait un coup pareil, je divorcerais sur-le-champ. Bon, d'accord, je l'appellerai ce soir, je verrai ce qu'elle a envie de faire ce week-end ; elle peut venir avec nous à la plage, si elle veut, mais elle ne voudra sûrement pas. D'accord, j'ai dit que je le ferai, alors je le ferai, mais je ne vois pas pourquoi tu fais autant d'histoires. Elle est assez grande pour se débrouiller toute seule. Oui, d'accord. Salut. »

Joy raccrocha et examina ses ongles. C'est ça que j'aurais dû regarder, se dit-elle. Je savais que j'oubliais quelque chose. Aux soldes de Goode's, il y a toujours de bonnes affaires aux Cosmétiques. Tant pis. Il faut que je donne le bain aux enfants.

« Les enfants ! lança-t-elle. Allez, on rentre, c'est l'heure du bain ! »

Il ne faut pas que j'oublie d'appeler Patty après les avoir fait manger, se dit-elle. Pitié.

42

Lisa avait quelques minutes devant elle à la fin de sa pause-déjeuner et elle passa aux Modèles Haute Couture pour dire bonjour à Magda.

«*Mon Dieu**! s'exclama celle-ci. C'était la folie, ici. Regardez ! » et elle montra d'une main les Modèles Haute Couture dans leurs placards en acajou.

Leurs rangs avaient été effectivement décimés ; Mrs Bruce Pogue et Mrs Martin Wallruss avaient été suivies d'autres clientes du même acabit et les robes restantes avaient amplement la place de respirer. Lisa jeta un œil, osant à peine regarder, et vit aussitôt l'objet de son adoration. Magda remarqua le frisson involontaire qui la parcourait.

«Oh, allez voir, dit-elle. Regardez s'il reste quelque chose qui peut vous tenter.»

Lisa se força à rire.

«Je sais déjà laquelle je veux», dit-elle.

Magda la regarda à nouveau.

Que voulez-vous, c'était le grand amour : elle décida soudain de se prêter au jeu. Quoi qu'il en soit, il était essentiel de cultiver le goût et, si cela risquait de causer un certain chagrin, qu'à cela ne tienne.

« Ah oui, la petite *robe de jeune fille**. Mais j'ai bien peur que les *jeunes filles** argentées de cette ville aient plutôt envie de ressembler à des femmes du monde, il n'y a que leurs mères qui veulent avoir l'air jeunes, cette robe ne sert à rien, elle est trop petite pour les *mamans* et trop jeune pour les *débutantes**. Je l'ai assez vue : que diriez-vous de venir l'essayer pendant votre pause-déjeuner une fois que vous vous serez changée ? Je crois que c'est précisément votre taille. Vous pourrez vous laisser aller à votre fantaisie un petit moment, cela fait du bien à l'âme. Mettez vos talons hauts, pour mieux voir ce que cela donne.

— Ah, vraiment, je peux ? dit Lisa, bouleversée. Ce serait merveilleux…

— Ce n'est rien, dit Magda, mais ce ne sera pas ma faute si j'apprends ensuite que vous avez dévalisé une banque pour pouvoir l'acheter. Naturellement, il se peut que je la vende d'ici demain – on verra bien.

— Oh non, ne dites pas ça, l'implora Lisa. Ne la vendez pas, je vous en prie.

— Ça, je ne peux pas vous le promettre », répondit sincèrement Magda en riant de bon cœur.

Lisette était naturellement tout ce que l'on pouvait espérer, tout ce dont on pouvait rêver ; comme tous les chefs-d'œuvre de la couture française, elle était conçue pour être belle non seulement en soi, mais sur un corps féminin. Elle se dotait alors de vie et de mouvement ; de rythme, autrement dit : elle s'incarnait enfin. Lisa se regardait dans la grande psyché, émue. Elle se voyait également de dos dans le miroir qui se trouvait de l'autre côté du salon d'essayage. Elle se balança légèrement pour voir l'effet des trois volants de la jupe flottant autour d'elle. La robe lui allait parfaitement : le corsage était presque serré. Les falbalas des épaules et du bas laissaient apparaître des bras et des jambes qui semblaient non plus maigres, mais minces. La robe la métamorphosait ; la révélation qu'elle avait eue en découvrant les Modèles Haute Couture trouvait là son aboutissement.

Il n'y avait rien à dire et, pour une fois, même Magda resta silencieuse, l'espace d'une minute du moins. Elle sourit.

« Ah là là, soupira-t-elle. Voulez-vous qu'on vous la fasse porter, mademoiselle, ou préférez-vous la prendre avec vous ? »

Lisa se mit à rire.

« Je la garde sur moi, dit-elle. Veuillez emballer mes vêtements. Vous m'enverrez la facture, comme d'habitude. »

Sur ce, Miss Cartright arriva pour prendre la relève de Magda qui devait partir en pause-déjeuner.

« Tiens donc, dit-elle. Lisa joue les mannequins pour vous, Magda ? Nous n'y avions pas pensé.

— C'est sa pause-déjeuner, dit Magda. Pour l'instant, c'est une simple cliente, qui essaie une robe qui la tente, mais jusqu'ici, la vente n'est pas conclue.

— Je vois, dit Miss Cartright. Le prix est intéressant ? Soixante-quinze ? C'est une aubaine, effectivement.

— Il faudra peut-être le baisser encore si elle n'est pas vendue au milieu de la semaine prochaine, dit Magda. Elle se salit, voyez-vous, les blanches, c'est toujours pareil.

— C'est vrai, dit Mrs Cartright. Eh bien, disons cinquante après mercredi si elle n'est pas partie d'ici là. Mais c'est peu probable. Et autrement, comment ça se passe ? Ah oui, je vois. Épatant ! Bien et maintenant, revenons à nos moutons ; vous devez être affamée, allez déjeuner. »

Lisa se retira dans la cabine d'essayage et, après avoir replacé Lisette sur son cintre, alla passer le reste de sa pause à Hyde Park. Si Lisette était réduite à cinquante guinées, elle aurait presque de quoi se l'offrir avec l'argent qu'elle avait dans sa tirelire. L'idée de dépenser une somme pareille, qui représentait bien plus que tout ce dont elle avait jamais disposé et suffisait amplement pour s'acheter dix robes ordinaires au prix de vente habituel, était absolument grisante.

43

Durant ces jours où Patty était en proie au trouble et même à la douleur, ses collègues étaient trop occupées par Noël d'abord, puis par les soldes, pour percevoir un changement de comportement. Comme l'avait fait remarquer Joy, elle était d'une grande pâleur en temps normal et, si elle avait cessé de les abreuver de bavardages décousus ponctués de références aussi abondantes que peu éclairantes sur son mari, le fait est qu'elle n'en avait guère eu l'occasion, accaparée par la clientèle à servir.

Pendant cette période, Patty avait travaillé avec acharnement, mais, à la fin de chaque journée, elle succombait à un épuisement qui la submergeait et n'était pas sans l'inquiéter. Elle avait presque perdu l'appétit ; elle dînait de tranches de jambon et de tomates et buvait son thé curieusement sans lait. Est-ce que je suis fatiguée parce que je suis nauséeuse ou est-ce que je suis nauséeuse parce que je suis fatiguée ? Essaie de ne pas t'inquiéter, lui disait Dawn. Il reviendra. Mais elle n'était pas inquiète, non. Elle était trop fatiguée et trop nauséeuse pour s'inquiéter au sujet de Frank.

Elle n'était même plus en colère. Pour le moment,

elle avait besoin de concentrer toutes ses pensées sur elle-même, car il lui fallait à tout prix tenir bon : aller chez Goode's, supporter la journée, rentrer chez elle, se préparer pour le lendemain. Écoute, essaie de l'oublier, lui dit Joy, au moins jusqu'à ce qu'il revienne : renouvelle ta garde-robe, pars en vacances. Va à Bateman's Bay avec Dawn, tu n'as pas des congés à prendre ? Amuse-toi un peu. Viens à la plage avec nous, samedi, on s'est dit qu'on pourrait passer la journée à Manly, allez. Elle était tellement fatiguée. Je verrai, dit-elle. Je te dirai. Je t'appelle samedi.

Viens t'installer à la maison, dit Mrs Crown. Ce sera comme avant. Tu peux laisser un mot à Frank ! Mais elle voulait seulement qu'on la laisse tranquille. Elle n'avait pas envie d'être obligée de faire semblant de quoi que ce soit : quand on est seul, on n'a pas à faire semblant. Mais bien sûr, ça arrive : parfois, les mensonges que l'on se raconte à soi-même sont pires que ceux que l'on raconte aux autres. Comment ça se fait ?

44

Ils avaient vu un film au Savoy, avec des sous-titres que Fay n'avait pas tardé à suivre parfaitement tout en regardant les acteurs, ce qu'elle n'aurait jamais cru possible, et l'histoire était si poignante qu'elle avait eu du mal à refréner des larmes, qui non seulement l'auraient totalement ridiculisée, mais auraient fait couler son rimmel ; et à présent, ils étaient dans un petit restaurant de King's Cross, où les plats étaient délicieux, et Rudi connaissait visiblement beaucoup de clients, car il saluait à droite et à gauche des gens qui allaient et venaient, d'un signe de tête ou de la main. Le plus étrange, c'est qu'il était incroyablement facile de parler à Rudi. Elle n'avait pas besoin de lui cacher quoi que ce soit.

« Vous n'aviez jamais vu de film français avant ? Eh bien, je vois que j'arrive juste à temps. Nous les verrons tous, *Les Enfants*, *Les Jeux*, *La Règle*, *Le Jour**, etc. Ça prendra une éternité, nous n'aurons presque plus le temps de faire autre chose. De toute façon, il n'y a pas d'opéra ici et quasiment pas de théâtre, alors ce n'est pas le temps qui manque. Je prendrai le programme du ciné-club de l'université dès la rentrée, ils en passent tout le temps, en tout cas, c'était comme ça à Melbourne. Tout le monde peut entrer, n'est-ce pas ? Goûtez ce veau, il est très bon ici.

« Oui, j'étais bureaucrate à Budapest – quelle réplique ! je devrais écrire une chanson ! –, statisticien. Vous voulez que je vous dise ce que c'est ? Ici, j'ai l'intention de gagner de l'argent – naturellement. Je ne me suis pas enfui dans le monde capitaliste pour être salarié le reste de ma vie. Avec des connaissances raisonnables des statistiques économiques et un peu d'imagination, n'importe qui peut gagner une fortune ici – plusieurs fortunes, même. Mes amis le font tout le temps et ils ne connaissent rien, même pas les statistiques. Voyez-vous, le pays est sous-développé et la population doit être augmentée aussi vite que possible. Donc, j'ai l'intention de devenir riche, moi-même ; je rendrai service à tout le monde. Dites-moi, vous préférez Brahms à Beethoven ou Tchaïkovski aux deux ? *Vous ne savez pas trop ?* Bien. Je m'occuperai de cela aussi si vous me le permettez. Vous avez l'oreille musicale, autrement vous ne danseriez pas aussi bien. Non, je suis très sérieux. C'est une question sérieuse. Alors, vous lisez *Anna K.* – ah, c'est Lisa qui vous l'a prêté. Remarquable. Eh bien, la vie est longue, heureusement, pas autant que l'art, certes, vous avez donc tout le temps de le finir et de passer au reste. Vous êtes déjà extrêmement cultivée pour une danseuse. Mais je crois qu'il est temps que je la boucle, comme on dit, parce que vous êtes prête pour le dessert et je n'ai pas encore fini ceci, alors, pendant que je termine, vous feriez mieux de me raconter votre vie. Commencez par le commencement ! Qui était votre père ? »

Et pour la première fois de son existence, Fay entreprit de faire le récit de sa vie et, comme celui-ci ne tarda pas à devenir fort triste – son père avait été tué à la guerre quand elle avait onze ans et son frère quinze, et aux conséquences de ce malheur était venue s'ajouter une succession de mauvais choix et d'expédients de sa mère qui était, certes, bien intentionnée, mais peu compétente –, Rudi l'interrompit au moment où Fay arrêtait prématurément l'école le jour de son seizième anniversaire, et demanda la carte des desserts.

« Il est temps que vous mangiez une douceur, dit-il. Je peux vous recommander l'entremets au chocolat, ici il est remarquable. Laissez-moi digérer cette partie de l'histoire avant de me donner le chapitre suivant. Je n'avais pas imaginé que vous aviez une pareille histoire à raconter – vous êtes mystérieux, vous autres, les Australiens –, qui irait imaginer qu'on puisse souffrir ici aussi ? C'est ce soleil constant, il cache tout, on ne voit que lui. »

Fay fut soulagée de se taire quelques instants, car elle s'apercevait qu'étrangement son récit l'affectait aussi : à un ou deux moments, elle avait été au bord des larmes.

« Écoutez, dit Rudi, je vais vous raconter une blague hongroise. Attendez, il faut que je traduise. »

Elle rit tellement que, cette fois, les larmes lui montèrent aux yeux. Qu'elle est charmante, songea Rudi. Une Australienne gentille et saine, exactement comme je voulais, mais avec de surcroît une histoire tragique. Je suis un sacré veinard. Puis, il eut un léger doute, ce qui ne lui ressemblait pas. Est-ce que je lui plais ? se demanda-t-il. Il va falloir faire attention. Il espérait que oui, car, si tel était le cas, il était fort possible qu'il décide de l'épouser.

« Qu'avez-vous envie de faire demain soir ? demanda-t-il. Voulez-vous que nous regardions s'il y a un programme de concert tentant ? Je chercherai dans le *Herald* le matin, et je vous téléphonerai l'après-midi. Eh bien, votre propriétaire devra s'y faire – je déploierai tout mon charme d'Europe centrale, ne vous inquiétez pas, d'ici peu, elle attendra mes appels avec impatience, cela ne la dérangera pas du tout. »

Il est tellement *gentil*, se disait Fay. Je ne savais pas que les hommes pouvaient être aussi gentils. Qu'est-ce qu'il peut bien me trouver ? Elle cessa de lutter et se laissa entraîner par la vague d'énergie et de charme de Rudi. C'était une sensation totalement inconnue et absolument merveilleuse.

45

« Stefan, s'il te plaît, sois totalement franc avec moi. Est-ce que tu me trouves trop grosse dans ce costume de bain ? »

Magda prit coquettement la pose sur le seuil de la chambre, une main sur une hanche pulpeuse, l'autre gracieusement appuyée sur le montant de la porte ; elle était vêtue d'un maillot deux pièces blanc imprimé de grandes fleurs rouge grenat.

« Non, non, pas le moins du monde », lui assura Stefan. Il lisait les journaux du dimanche, si médiocres soient-ils, en attendant que Magda se prépare.

« Sois sérieux, Stefan, s'il te plaît, dit Magda. Dis-moi ce que tu penses vraiment.

— Je te l'ai dit, répondit Stefan. Je n'ai jamais été aussi sérieux de ma vie. Tu n'es pas trop grosse dans ce costume de bain.

— Pas trop grosse, dit Magda, mais grosse, c'est ça ?

— Non, dit Stefan. Pas du tout grosse en fait.

— Tu veux dire grassouillette, je suppose, dit Magda.

— Je commence à regretter d'être né, dit Stefan.

— Je vois très bien ce que tu veux dire, répondit

Magda. C'est ce que je ressens quand mon propre mari ne veut pas me donner un avis sincère. Ce n'est pas beaucoup demander, pourtant.

— Pour la dernière fois, mon avis sincère, c'est que ce costume et la personne qui se trouve dedans sont parfaits. Alors, peux-tu rassembler ce dont tu as besoin et partons, car je dois dire que si on n'est pas en route d'ici cinq minutes, je crois que je vais vraiment devenir fou. »

Magda se retourna avec un soupir et il l'entendit s'agiter bruyamment. Elle réapparut dans un costume une pièce bleu marine sur lequel elle avait jeté une robe de plage.

« Je t'aime bien aussi avec ce costume, dit Stefan, presque autant qu'avec l'autre. »

Magda eut un soupir agacé.

« Bon, allons-y. Je n'ai pas envie que tu deviennes fou. »

Ils se chamaillèrent pour savoir s'il valait mieux aller à Bilgola ou à Whale Beach et finirent par opter pour la seconde au moment où ils arrivaient à la première, mais ils s'installèrent enfin sous le parasol avec leur attirail de serviettes, de coussins, de livres et de panier pique-nique, juste à temps pour aller se baigner avant le déjeuner. Après la baignade, ils avaient cessé de se chamailler ; les eaux bleues du Pacifique avaient balayé leur mauvaise humeur, comme souvent.

Alors qu'ils mangeaient leur poulet froid, Magda dit : « Tu n'as pas remarqué quelque chose d'étrange ? Nous n'avons pas eu de nouvelles de Rudi, ce week-end. Je me demande pourquoi.

— De toute évidence, il est occupé ailleurs, dit Stefan.

— Mais où ça ? demanda Magda.

— Pour l'amour du ciel, comment veux-tu que je le sache ? Il y a une multitude de possibilités, répondit Stefan.

— Je ne crois pas, non, dit Magda. Je n'en vois qu'une.

— Et laquelle ? demanda Stefan, incrédule.

— Tu n'as pas vu avec qui il est parti, après la fête ? dit Magda.

— Non. Je n'ai pas fait attention. Rudi part toujours avec une fille, la plus jolie en général – mais je ne l'ai pas vu partir.

— Moi si, dit Magda. Il est parti avec Fay. Il devait la raccompagner chez elle.

— C'était la moindre des choses, répondit Stefan, étant donné que tu avais pris la peine d'inviter cette saine et gentille Australienne exprès pour lui. Il a bien dit qu'il voulait épouser une fille de ce genre, non ? Il semblerait donc parfaitement normal qu'il la raccompagne après la fête, sans parler du reste de sa vie. Il faut bien qu'il commence quelque part. À cette heure, ils sont probablement mariés, d'ailleurs – la fête remonte à presque une semaine.

— Mais enfin, sois sérieux, dit Magda. Comment peux-tu plaisanter là-dessus ? Si Rudi est effectivement avec Fay, s'il continue à la voir, j'estime que je dois être au courant. Je me sens responsable.

— Et tu fais bien, dit Stefan. C'est plutôt toi qui n'étais pas très sérieuse en proposant de l'inviter pour arranger Rudi.

— J'étais sérieuse, enfin oui et non, dit Magda. À moitié sérieuse. Mais plus maintenant. Si Rudi la fréquente, les choses deviennent plus qu'à moitié sérieuses et je me sens responsable.

— Je ne vois pas pourquoi tu t'inquiètes, dit Stefan. Elle est grande, après tout. Elle peut se débrouiller toute seule.

— Je ne sais pas, dit Magda. Rudi est un cavaleur, je crois. Elle, c'est une Australienne naïve, qui n'a sans doute jamais connu que des lourdauds d'Australiens. Je me demande si elle est de taille face à quelqu'un comme Rudi.

— Tu en fais des histoires, dit Stefan. Il ne peut pas lui faire de mal. C'est probablement un compagnon très divertissant. Elle s'amuse sans doute comme une folle !

— Tant qu'elle n'a pas le cœur brisé, dit Magda d'un air sombre. Si ça arrive, ce sera ma faute.

— Arrête de dramatiser, dit Stefan. Ils seront heureux et auront beaucoup de beaux enfants, ils te demanderont d'être leur marraine et te seront à jamais reconnaissants de les avoir présentés l'un à l'autre.

— Ne plaisante pas, je t'en supplie, déclara Magda. Tu sais parfaitement qu'ils ne sont pas du tout assortis. Rudi et Fay ! Je pensais juste qu'il pourrait s'amuser un peu à la fête avec sa gentille Australienne – et en plus, elle danse très bien, tu as vu ? Elle m'a dit qu'elle avait été professionnelle pendant un moment – mais c'est tout. Je ne l'ai pas pris au sérieux quand il a parlé de se marier, je pensais qu'il ne parlait pas sérieusement. Mais là, qu'il sorte avec elle – ça, je ne m'y attendais pas. Qu'est-ce qu'ils peuvent bien avoir en commun ? Il va lui briser le cœur, tu verras.

— C'est du mélodrame, dit Stefan. La réalité, c'est que tous les deux sont un peu perdus, pour le moment, ça les arrange de sortir ensemble, c'est tout. Tiens ! Je ne vaux pas beaucoup mieux que toi – on ne sait même pas s'ils sortent ensemble, en fait. Peut-être qu'en ce moment, Rudi s'amuse avec quelqu'un d'autre.

— Non, je sens qu'il est avec Fay, dit Magda d'un ton qui augurait le pire, et j'espère qu'il ne s'agit que d'amusement, d'un côté comme de l'autre. Mais c'est une femme, même si elle est australienne, et tu sais bien qu'au bout du compte, pour une femme, il ne s'agit jamais uniquement d'amusement. Elle engage toujours son cœur, et il peut donc être brisé. Et ce sera ma faute.

— Tu mets la charrue avant la bataille, dit Stefan. Il est temps de retourner se baigner. Allez, viens ! »

« J'aurais dû téléphoner à Magda et à Stefan ce week-end, dit Rudi. Je les ai vus si souvent ; mon silence va leur paraître bizarre. Je vais peut-être le faire tout à l'heure. »

Ils étaient assis tous les deux sur une grande serviette à Tamarama Beach et mangeaient les sandwichs que Fay avait apportés. Il y en avait deux séries de deux, beurre de cacahuètes et céleri, et cheddar et laitue. Rudi était enchanté.

« Ce sont des sandwichs australiens ? demanda-t-il.

— Sans doute, oui, dit Fay. Ils sont différents, en Europe ?

— Je vous en ferai un de ces jours, lui assura Rudi, vous verrez. »

Il en mangea un autre pensivement, en goûtant les saveurs du pays. Après, il y avait des fruits, puis Fay lut quelques pages d'*Anna* tandis que Rudi regardait autour de lui, jaugeant les jeunes femmes et prenant note du comportement des familles qui se trouvaient à proximité.

Il était à peu près sûr que le prochain chapitre de l'histoire de la vie de Fay renfermerait des détails qu'elle serait peut-être honteuse de divulguer, car s'il y avait bien une fille qui avait pu faillir, si fortuitement soit-il, aux convenances de l'époque et du lieu, c'était Fay. L'idée, c'était d'obtenir les détails aussi vite et de la façon la moins douloureuse que possible, de la rassurer et de passer rapidement à la conclusion du récit, qui devrait dès lors ne plus tarder. Puis après avoir donné un compte rendu pas tout à fait exhaustif de ses propres amours, il pourrait enfin commencer à préparer le terrain pour une éventuelle demande en mariage. Ces choses-là prenaient un temps fou !

« Au fait, j'ai décidé de vivre dans la banlieue est, remarqua-t-il. North Shore est très joli, mais c'est trop loin. Et par ici, il y a plus d'animation, ça ressemble plus à la ville qu'à la banlieue. Je vais me mettre à chercher sérieusement un appartement cette semaine – je préfère Bellevue Hill, mais c'est tellement cher ; je vais peut-être essayer Rose Bay ou Vaucluse. Qu'est-ce que vous en pensez ?

— Ce sont tous des endroits agréables », répondit Fay, perplexe.

Rudi parlait du côté huppé de la banlieue est ; il avait annoncé son intention de gagner beaucoup d'argent ; peut-être comptait-il s'y mettre bientôt. Elle avait tellement peur. Elle était en compagnie d'un homme extraordinaire, incroyablement gentil, compréhensif, drôle, séduisant même, et par-dessus le marché, bien décidé à devenir riche, et elle n'avait aucune idée de ce qu'il pouvait bien lui trouver ; mais voilà, il ne tarderait pas à entendre parler de Mr Marlow et de Mr Green – car elle savait bien qu'elle ne pourrait pas lui dissimuler ces épisodes – et il était fort probable que cela s'arrêterait là. Au milieu des sensations de bonheur que lui procuraient les attentions de Rudi, elle éprouva subitement la morsure de la peur. Ma vie est fichue, songea-t-elle ; elle posa son livre et contempla la mer.

« À quoi pensez-vous ? demanda Rudi.

— Oh, à rien, dit-elle tristement.

— Ce soir, au dîner, dit Rudi, car nous irons dîner si vous êtes libre – oui ? – bien –, vous me raconterez le reste de votre histoire. À moins que vous ne préfériez me le raconter maintenant ?

— Non, répondit Fay, j'attendrai ce soir. »

Ce sera plus facile un verre à la main, se disait-elle.

« Après, ce sera mon tour de vous raconter mon passé honteux, dit Rudi. Vous ne voudrez sans doute plus entendre parler de moi quand vous connaîtrez mon histoire ! »

Fay le regarda timidement puis ils se sourirent. Rudi se pencha et l'embrassa sur la joue. Elle comprit soudain que tout irait bien.

« Il est temps de retourner se baigner. Allez, venez ! »

46

Patty ouvrit les yeux sur une nouvelle journée, puis tout lui revint en mémoire et elle désespéra. Pour un peu, elle n'aurait plus jamais bougé de là où elle était. Mais c'était impossible, il fallait tenir bon ; au moins, on était lundi et elle savait ce qu'elle avait à faire, elle n'avait pas d'interminables plages de temps libre à remplir : il était temps de se lever et de se préparer pour aller travailler. Elle se redressa et sortit du lit, mais, au moment où elle posait les pieds par terre, elle fut prise d'une épouvantable nausée et s'immobilisa jusqu'à ce que cela passe. Puis elle se mit debout avec précaution et alla dans la salle de bains.

Elle réussit à se laver et à s'habiller, mais, juste après avoir mis les toasts dans le grille-pain, elle fut à nouveau saisie par l'horrible sensation de nausée, qui était si violente cette fois qu'elle courut dans la salle de bains et vomit. Oh non, se dit-elle. Mais qu'est-ce qui m'arrive ? C'est impossible. Ça doit être quelque chose que j'ai mangé hier à Manly. Le pain de viande, ça doit être ça. Je savais bien que je n'aurais pas dû.

Chez Goode's, elle demeurait hébétée au milieu de la frénésie de la deuxième semaine des soldes qui battaient leur plein. Je devrais regarder les maillots de bain à la pause-déjeuner, se dit-elle. Peut-être aussi renouveler ma garde-robe, comme Joy n'arrête pas de me le répéter. Faire des folies. Mais elle se sentait si nauséeuse, si faible, que lorsque vint le moment de prendre sa pause-déjeuner elle n'eut d'autre choix que de se retirer à la cantine. Fay ne vint pas avec elle.

« Je vais me changer pour aller voir les soldes, dit-elle joyeusement. Il faut que je me rachète des vêtements ! »

C'est ça, songea amèrement Patty. Il faut battre le fer tant qu'il est chaud. Attablée à la cantine devant une tasse de thé et un sandwich aux crudités dont elle n'avait pris qu'une bouchée, elle se sentait affreusement mal.

« Alors, on n'a pas envie de manger ? Ce n'est pas bien, ça ! lança une voix caustique dont la propriétaire se laissa tomber sur la chaise voisine.

— Ah, bonjour Paula, dit Patty d'un ton las.

— Alors, cette nuisette ? » demanda Paula avec un sourire vaguement suggestif.

Patty se força à sourire.

« Elle est très bien, dit-elle. Vraiment jolie. J'aurais dû en acheter deux.

— Oui, je vous l'avais bien dit, déclara Paula. Elles sont toutes parties, c'est trop tard maintenant. Mais on reçoit les nouveaux stocks dans deux semaines, vous devriez venir nous voir, vous trouverez peut-être autre chose d'aussi bien.

— Promis », répondit Patty.

Elle était désespérée. La question de Paula, la conversation qui avait suivi lui rappelaient tristement sa situation et ce qui y avait préludé.

Mais soudain, une étincelle se fit alors dans son

esprit. Jusque-là, elle n'avait jamais véritablement songé que les deux événements du soir de la nuisette noire et de la disparition de Frank s'étaient succédé si brusquement qu'ils étaient peut-être liés d'une manière ou d'une autre.

Un vaste champ de spéculation s'ouvrait devant elle mais, quant à savoir par où commencer, elle n'en avait pas la moindre idée. Elle n'avait jamais eu à réfléchir de la sorte et ne savait pas comment procéder ; elle savait seulement qu'elle était face à la possibilité d'un lien et que, si ledit lien était établi, elle comprendrait peut-être mieux la raison de la disparition de Frank. Mais toute chance d'une réflexion plus poussée lui fut ôtée par Paula qui continua à papoter gaiement jusqu'au moment où Patty dut retourner aux Robes de Cocktail. Devant elle s'étendait à présent le désert brûlant du long après-midi.

Peu après quinze heures, Lisa aperçut un homme au visage buriné par le grand air qui rôdait autour du rayon des Robes de Cocktail et le remarqua plus particulièrement pour deux excellentes raisons : un, il était excessivement rare de voir un homme (autre que Mr Ryder) à cet étage, deux, si on devait voir un homme à cet étage (autre que Mr Ryder), ce serait une personne du genre de Rudi, et non quelqu'un qui ressemblait à ces étranges bipèdes que l'on croisait aux alentours de l'Hotel Australia durant la semaine de la Foire aux Moutons. Je devrais peut-être lui demander ce qu'il veut, se dit-elle. Il a l'air perdu.

Sur ce, Fay remarqua l'homme à son tour.

« Houlà, regarde-moi ça, murmura-t-elle à Lisa. Il est loin de chez lui ! »

Elles se mirent toutes les deux à pouffer de rire, ce qui alerta Miss Jacobs.

« Vous deux, je vous prierai de rire en dehors de vos heures de travail. Je ne vois pas ce que ce rayon a de si drôle pour le moment. N'avez-vous pas mieux à faire ? Patty est en train de tout ranger. Voyez si vous pouvez l'aider tant que nous avons un peu de calme. »

Les deux jeunes femmes se détournèrent pour exécuter ses ordres, mais, sur ces entrefaites, une cliente arriva et Fay resta au comptoir pour encaisser ses achats. Lisa s'approcha du portant, où Patty replaçait des robes qui avaient été essayées et jugées inadéquates, mais, à ce moment-là, l'homme qu'elle s'était arrangée (intriguée comme elle l'était) pour ne pas quitter des yeux décida de s'approcher. Il semblait se diriger vers elle – comme c'était curieux ! –, peut-être voulait-il de l'aide, après tout ; peut-être voulait-il offrir une robe à sa femme et avait-il besoin de conseils qu'il avait enfin trouvé le courage de demander. Au moment où Lisa atteignait le portant de robes, Patty, qui tournait le dos à Lisa et à l'étrange inconnu buriné, se retourna.

Aussitôt – le fait est qu'elle était très pâle, Lisa l'avait remarqué –, Patty s'écroula par terre dans un affreux bruit sourd qui fit sursauter la jeune fille.

« Oh ! s'écria celle-ci. Elle s'est évanouie ! »

Elle était si choquée qu'elle se mit même à trembler. Qu'était-elle censée faire ? Patty était là, étendue au sol dans sa robe noire, pâle comme un linge, au milieu des robes de cocktail qu'elle avait drapées autour de son bras et qui étaient tombées en vrac : et ce qu'il y avait d'extraordinaire, c'était que cet homme grotesque était toujours là et regardait Patty fixement sans rien faire.

« Elle s'est évanouie, lui dit Lisa. Je vais aller chercher de l'aide.

— Je sais, dit l'homme. C'est ma femme. »

Lisa le dévisagea. Mais enfin, que se passait-il ?

« Je vais aller chercher Miss Jacobs, dit-elle. Elle saura quoi faire. »

Elle alla voir Miss Jacobs.

« Mrs Williams s'est évanouie », dit-elle.

Miss Jacobs leva les bras au ciel.

« Allez prévenir Mr Ryder, dit-elle. Il appellera l'infirmière. »

Miss Jacobs se précipita pour examiner sa collègue. Elle vit alors l'homme étrange.

« Si vous voulez bien m'excuser, dit-elle avec un soupçon de sarcasme et beaucoup de dignité. Je vais m'occuper de cette dame qui s'est évanouie.

— Je sais, répéta Frank. C'est ma femme.

— Bonté divine, dit Miss Jacobs. Eh bien, c'est une chance que vous soyez venu. Même si vous n'avez rien à faire là. Elle aura besoin de quelqu'un pour la raccompagner chez elle. L'infirmière va arriver. Est-elle souffrante, ces derniers temps ?

— Je ne sais pas, dit Frank. Je n'étais pas là.

— Ah bon ? dit Miss Jacobs. Je vois. »

Elle pinça les lèvres.

Magda apparut alors tel un aigle huppé au milieu de la basse-cour ; elle avait été témoin de l'essentiel de la scène.

« J'ai des sels, cria-t-elle. Il n'y a rien de tel ! » Elle brandit un flacon. Miss Jacobs était parvenue à ramasser et à suspendre les robes de cocktail qui étaient tombées puis à dégrafer le corsage de Patty autant que le lui permettait la décence et à la relever à moitié en lui passant un bras autour des épaules. Magda mit les sels sous les narines de Patty, qui ouvrit les yeux et s'assit en sursautant.

Dès qu'elle reprit connaissance, son regard tomba sur Frank et elle le fixa durant un abominable instant. Puis elle prit la parole.

« Va te faire voir, dit-elle.

— Allons, vous avez eu un choc, dit Miss Jacobs. Du calme. L'infirmière arrive. Vous n'êtes pas bien. »

Elle se tourna vers Frank.

« Vous feriez mieux d'aller attendre un peu plus loin, dit-elle. Allez dans l'escalier de secours, on viendra vous chercher quand elle pourra être ramenée chez elle.

— Dites-lui d'aller voir là-bas si j'y suis, lança Patty.

— Allons, allons », dit Miss Jacobs.

Frank ouvrit enfin la bouche.

« J'en reviens. Mais je n'avais pas ma clé. Je suis juste venu chercher la clé de la porte d'entrée, c'est tout.

— Oh non, soupira Patty. Oh là là. J'aurais dû m'en douter. »

Et elle se mit à pleurer. L'infirmière arriva.

« Que se passe-t-il ? dit-elle. Écartez-vous, que je voie la patiente. »

Elle prit le pouls de Patty et lui posa des questions. Frank traînait du côté de la sortie de secours.

« Elle ferait mieux de rentrer chez elle si son mari est là, dit l'infirmière. Surtout, si vous vous sentez encore faible ce soir, il faut consulter votre médecin. Il vaut mieux que quelqu'un l'accompagne au vestiaire pour qu'elle se change. »

Lisa se vit confier cette triste tâche et quand, enfin, elle revint aux Robes de Cocktail, les affaires avaient repris. Miss Cartright avait assuré la relève et indiqué à ses subalternes qu'elles pouvaient l'appeler de nouveau en renfort si jamais elles se trouvaient à court de personnel en l'absence de Mrs Williams.

« Elle sera là demain matin, avec un peu de chance, dit-elle. Ce doit être la chaleur et le fait de ne pas faire de vrai repas le midi. Je n'arrête pas de vous le répéter, mesdemoiselles, mais certaines d'entre vous ne veulent pas m'écouter. Faites un vrai repas le midi ! »

Elle s'éloigna dans un flottement de rayures noires et blanches. Voilà qui ne ressemble pas à Mrs Williams, se dit-elle. S'évanouir, et au deuxième étage en plus ! C'est inadmissible. Mais bon, ce sont les soldes : il est temps que la semaine se termine, moi je vous le dis !

47

« Patty Williams s'est évanouie cet après-midi, annonça Lisa.

— Mon Dieu ! Tu veux dire, chez Goode's ?

— Oui, au beau milieu des Robes de Cocktail, répondit Lisa. Et son mari était là.

— Son mari ? Mais que faisait-il là ? demanda Mrs Miles, stupéfaite.

— Je ne sais pas, dit Lisa. On a dû s'occuper du rayon pendant que Miss Jacobs était avec Patty et l'infirmière, et on n'a pas entendu ce qui se passait. Tout ce que je sais, c'est que... » et elle raconta la scène à laquelle elle avait assisté.

« Tout cela m'a l'air bien étrange, dit Mrs Miles. C'est curieux qu'il ait débarqué comme ça. Et qu'elle se soit évanouie. Seigneur. Surtout, ne va pas t'évanouir. Tu fais un vrai repas quand tu oublies de prendre tes sandwichs ? Tu promets ? Tu vois ce qui peut arriver autrement. Elle devrait le savoir, à son âge. La pauvre. Je me demande bien pourquoi elle n'a pas eu d'enfants.

— Si tu voyais son mari ! s'écria Lisa.

— Enfin, Lesley, qu'est-ce que tu en sais ? demanda sa mère.

— Il est totalement empoté, répondit Lisa.

— Comme beaucoup d'hommes, dit Mrs Miles. Ça ne les empêche pas d'être pères. »

Le chapitre du père ayant été abordé, la question indissociable de l'avenir de Lisa fut soulevée ; c'était quasi inévitable. Les diversions de Noël et du nouvel an étaient passées et on n'allait pas tarder à être fixées sur le sort de Lisa : les résultats du diplôme de fin d'études devaient être publiés à la fin de la semaine. Ils paraîtraient dans l'édition du samedi du *Herald* et du *Telegraph* ; un grand nombre de candidats iraient les consulter sur les épreuves des premières éditions qui seraient affichées le vendredi soir devant le siège des journaux. On aurait pu penser que le père de Lisa, qui prendrait connaissance de cette information vitale encore plus tôt, pourrait la leur communiquer dans la journée, mais les résultats en eux-mêmes et l'ambition défendue qui en dépendait étaient un sujet si délicat qu'il n'avait pas été mentionné en sa présence. Il n'avait quant à lui exprimé aucun intérêt pour la chose.

« Je suppose que tu vas aller regarder les résultats au *Herald* vendredi soir, dit Mrs Miles d'un ton détaché.

— Sans doute, oui, acquiesça Lisa d'un air tout aussi indifférent. Tant qu'à faire. »

Mrs Miles ne vit pas d'autre solution que de faire directement allusion à la question qui était désormais si pressante.

« Si tu as de très bons résultats, dit-elle, si tu es presque sûre d'obtenir cette bourse, il vaut peut-être mieux laisser ton père mariner quelques jours après la publication des résultats. Je sais qu'il s'obstine à refuser que tu ailles à l'université, mais je crois malgré tout qu'il vaut mieux le laisser mariner. On a tout le temps d'essayer de le convaincre avant la date d'inscription.

— Probablement oui», répondit tristement Lisa.

Elle pouvait difficilement supporter l'idée d'attendre encore, de rester dans l'incertitude.

«De toute façon, la liste des bourses ne sera annoncée que dans quelques semaines, lui fit remarquer Mrs Miles. Laisse-le mariner. Tu peux attendre.

— Et si je n'ai pas de bons résultats, le problème sera réglé.

— Peut-être, mais je sais qu'ils seront bons», dit Mrs Miles.

Elle en était certaine, elle le sentait au plus profond d'elle-même.

«Ne t'en fais pas, Lesley, dit-elle. Enfin, Lisa. Tout s'arrangera. Tu verras. Pour l'instant, fais attention à bien manger. Le midi, fais un vrai repas. Il ne s'agit pas que tu t'évanouisses comme cette Mrs Williams. C'était quoi déjà, ce que tu as goûté chez Magda et que tu voulais que j'essaie de trouver pour tes sandwichs ? Du salami ? Je vais voir si je peux en trouver. Il doit bien y avoir du salami à Chatswood. Je chercherai demain. Salami. Je vais le noter pour ne pas oublier.»

48

Ils rentrèrent à Randwick en taxi, assis côte à côte dans un silence absolu, puis Patty trouva sa clé et ils franchirent le seuil. Frank suivit sa femme dans la cuisine et se posa sur une chaise d'un air gêné ; elle remplit la bouilloire électrique et l'alluma. En attendant que l'eau bouille, elle étudia la charmante illustration qui ornait le paquet de thé Billy et représentait un homme buvant une tasse de thé avec un kangourou. Une chose était sûre, ils formaient un couple plus sympathique que Frank et elle. L'idée était presque drôle ; en fait, toute cette histoire était presque drôle, se disait-elle confusément.

« Où étais-tu ? demanda-t-elle calmement.

— À Wagga », répondit Frank.

Patty réfléchit un instant.

« Wagga ? répéta-t-elle. Wagga ?

— Chez Phil O'Connell, dit Frank. Qui travaillait avant chez Wonda. Il a hérité et il s'est acheté un pub là-bas. Mais si, tu te rappelles. Au début, il m'invitait toujours là-bas. Alors, je suis allé voir. Je lui ai donné un coup de main pour Noël et le nouvel an – ils sont débordés à cette époque-là.

— Et il ne t'est pas venu à l'idée de me prévenir, bien sûr, dit Patty. Je ne suis que ta femme. Je n'allais pas m'inquiéter, hein ? Je n'allais pas me demander ce qui s'était passé, ni rien, hein ? Me retrouver obligée de raconter des bobards chez Wonda Tiles, me traîner pendant deux semaines comme une loque et te voir débarquer chez Goode's, là comme ça, je ne sais même pas comment je vais oser me remontrer là-bas. Je ne sais même pas pourquoi tu es revenu. Tu n'as plus de chemise propre, j'imagine, c'est ça ? Eh bien, tes chemises, tu n'auras qu'à t'en occuper tout seul, maintenant. J'en ai marre ! »

Et elle fondit en larmes et se précipita dans la chambre.

Frank lui emboîta le pas et resta dans l'embrasure de la porte, ne sachant pas quoi faire. Elle pleurait, allongée sur le lit, la figure enfouie dans l'oreiller. Il finit par s'approcher et s'assit lourdement au bord du lit. Il lui toucha l'épaule.

« Pardon, dit-il. Je n'avais pas pensé à tout ça.

— Eh bien, tu n'es qu'un idiot, s'écria Patty. Un idiot et un égoïste.

— Oui, c'est vrai, dit Frank. Tu as raison. »

Il resta songeur un moment.

« J'aurais dû réfléchir, dit-il. Je pensais à autre chose.

— Ah oui, et à quoi par exemple ? demanda Patty.

— Je ne sais pas. C'est juste que je me disais, enfin, après cette nuit-là – tu sais –, je croyais que tu n'aurais plus envie de me voir. Pendant quelque temps.

— Tu croyais ! cria Patty. Tu croyais ça, hein ? Tu mens. C'est toi qui ne voulais plus me voir, plutôt ! »

Et au moment même où elle prononçait ces mots,

elle sut que c'était vrai ; et cela, elle ne l'avait pas deviné, elle ne l'avait même pas soupçonné : ça lui était venu à l'esprit soudain, lorsque Frank avait parlé. Il baissa les yeux au sol et Patty lut la honte et la confusion sur son visage. Elle n'éprouva ni tendresse ni compassion, mais une sorte de résignation. Eh oui, sa mère avait raison : les hommes étaient des enfants qui ne se comprenaient pas eux-mêmes et en étaient incapables. Brusquement, Frank la regarda.

« Je me ferai pardonner, dit-il. Je te le promets.

— C'est ça, dit Patty. On verra bien. »

Et subitement, l'avenir lui sembla plus engageant qu'il ne l'avait été depuis des années. Elle s'assit.

« J'ai une de ces faims ! Tu peux aller chercher des *fish and chips* ? Je vais appeler maman, elle était tellement inquiète pour toi. Ne tarde pas ; je meurs de faim. »

49

« Franchement, Joy, je ne vois pas ce qu'il y a de si drôle, Patty doit...

— Enfin, Dawn, bon sang. Je n'ai rien entendu d'aussi drôle depuis des années ! Frank se barre sans un mot, puis il débarque deux semaines plus tard chez Goode's, au beau milieu des Robes de Cocktail, sous prétexte qu'il a perdu sa clé : c'est désopilant ! Quand je vais raconter ça à Dave !

— Ça n'a rien de comique, Joy. Tu ne rirais pas si c'était à toi que ça arrivait. Tu ne penses jamais à ce que Patty a enduré.

— Oui, eh bien, elle est idiote. J'espère au moins que ça lui aura mis un peu de plomb dans la cervelle. Il est temps qu'elle se secoue. Moi, je n'accepterais jamais qu'il revienne, à aucun prix !

— Oui, mais, je le répète, tu n'es pas Patty. Et au fait, comment tu l'as trouvée, dimanche ? Elle avait l'air mal fichue ? Ça ne lui ressemble pas de s'évanouir comme ça. Elle dit qu'elle ne va pas travailler, aujourd'hui, elle n'est pas en grande forme. Elle va voir le médecin. Ça ne me plaît pas.

— Oh, ça allait. Elle était comme d'habitude,

dimanche, elle n'a pas dit grand-chose, pas fait grand-chose, elle s'est contentée de rester sur la plage avec ses journaux et tout. Elle va se dérider, maintenant que Frank est revenu, la bonne blague !

— Oui, elle va peut-être souffler un peu, prendre un congé maladie, se reposer quelque temps. Ça a été dur pour elle, elle a besoin de souffler. Tiens ta langue quand tu lui parles, elle n'a pas ton sens de l'humour.

— Et c'est bien le problème, hein ? Enfin, elle apprendra peut-être. Elle a intérêt si elle veut rester avec Frank. Ah là là, quelle histoire ! Il n'avait pas sa clé ! Si seulement c'était la seule chose qu'il n'avait pas !

— Franchement, tu es horrible, Joy », dit Dawn.

Miss Cartright s'approcha des Robes de Cocktail en froufroutant, jeta un œil expert sur les articles soldés accrochés sur leur portant et fit signe à Lisa.

« Nous avons eu des nouvelles de Mrs Williams, lui dit-elle. Elle a vu son médecin hier et le résultat, c'est qu'elle sera absente toute cette semaine et la prochaine. Vous le savez, c'était censé être votre dernière semaine ici, mais cela nous rendrait vraiment service si vous pouviez venir la semaine prochaine pour remplacer Mrs Williams, car, même si les soldes finissent cette semaine – Dieu merci –, avec les nouveaux stocks qui arrivent, il y aura beaucoup à faire. Vous devrez travailler d'arrache-pied. Vous êtes partante ?

— Mais bien sûr ! répondit Lisa, ravie.

— Épatant, dit Miss Cartright. Voilà qui est réglé. Je vous donnerai un coup de main cette semaine si vous êtes à court de personnel. Je vais aller prévenir

Miss Jacobs pour que nous sachions où nous en sommes. »

Elle repartit dans un frou-frou. Lisa ne put attendre la pause-déjeuner : elle se précipita vers la caverne rose de Magda.

« Magda ! chuchota-t-elle d'un ton pressant. Elle est toujours là ? »

Magda comprit instantanément.

« Oui, elle est toujours là.

— Elle est vendue, dit Lisa.

— Parfait, dit Magda. Je vous la mets de côté. »

Lisa revint à l'heure du déjeuner après s'être changée.

« Ah, mademoiselle Miles, lança Magda avec un sourire radieux. Vous êtes venue chercher votre robe, c'est ça ? Elle vous attend – vous voulez que je l'emballe ou vous préférez la réessayer ?

— Oh, Magda, je suis désolée, je ne peux pas la prendre aujourd'hui, je n'ai pas d'argent sur moi. Je n'aurai la totalité de la somme que dans une semaine – voyez-vous, je travaille aussi la semaine prochaine pour remplacer Patty Williams pendant son congé maladie.

— Ah oui, dit Magda. Je comprends. Ce n'est pas l'habitude ici, mais pour une cliente aussi distinguée, je vais faire une exception. Je vais la mettre de côté dans le placard des retouches jusqu'à la semaine prochaine. Ah, au fait – elle prit Lisette, vision de jeunesse toute de soie blanche froufroutante parsemée de pois écarlates, la secoua légèrement, si bien que les volants se soulevèrent avant de retomber dans un soupir, et la retira de son cintre capitonné –, Miss Cartright est passée, ce matin. Toutes nos robes blanches, celle-ci et deux autres, ont été encore réduites. Avec la remise du personnel, Lisette est à trente-cinq guinées, exactement. C'est donné.

— Ah, mais c'est absolument merveilleux ! »

Elle calcula de tête le contenu de sa tirelire : après avoir réglé Lisette, il lui resterait même un peu de monnaie.

50

« Jánosi ? dit Myra. Comment tu écris ça ? »

Fay le lui épela.

« Bon, il faut un peu de temps pour s'y habituer. Mais il pourrait en changer, tu sais. Il y en a beaucoup qui font ça.

— Rudi ne voudra jamais, protesta Fay. Il dit que lorsqu'on a une particularité quelconque, le mieux, c'est d'y aller au culot.

— Ah oui, il dit ça ? lança Myra. C'est une façon comme une autre de réagir, je suppose. Surtout si on a la peau dure. »

Fay se cabra.

« Rudi est l'homme le plus sensible que j'aie jamais connu.

— Oh, ne prends pas la mouche, dit Myra. Je ne voulais pas t'offenser. Je pense seulement… »

Elle s'interrompit et, affolée, regarda dans le vide, juste au-dessus de l'épaule de Fay.

Elles buvaient un café glacé chez Repin's, puis Fay retrouverait Rudi et Myra irait à sa boîte de nuit. Que pensait au juste Myra ? C'était difficile à formuler et plus encore à énoncer. Myra était un peu en état de choc, voilà tout. Fay ! Tombée sous le charme d'un réfugié hongrois affublé d'un nom impossible, que Myra n'avait même pas rencontré et dont elle soupçonnait obscurément les intentions. Que cherchait-il ? Ça finirait mal, croyez-en son expérience ! Et elle, Myra, était le seul obstacle entre Fay et cet épouvantable désastre. Mais comment sauver cette andouille si elle ne supportait pas la moindre critique à l'encontre de ce Rudi Jánosi, si elle était aveuglée par les étoiles qu'elle avait plein les yeux ? Bon sang, se dit Myra. Comment faire ?

« Alors, qu'est-ce que tu en penses ? demanda Fay.

— Oh, je ne sais pas, dit Myra. C'est juste que... ça ne fait pas longtemps que tu le connais, tu ne sais rien de lui, tu ne... Je ne veux pas que tu souffres.

— Tant qu'à faire, je préfère encore souffrir à cause de Rudi que des types que je fréquentais avant. »

Myra fut tentée d'en prendre ombrage : les types en question étaient son type à elle. Mais elle était impartiale ; elle comprenait Fay, même si elle ne voulait pas l'admettre.

« Avec les Australiens, au moins, on sait où on va.

— Peut-être, mais si on n'a aucune envie d'y aller, ce n'est pas terrible. Au moins, avec un Européen, on voit du pays.

— Oui, mais ça peut être dangereux, dit Myra. Tu risques de souffrir. »

Elles tournaient en rond, c'était désespérant. Qu'est-ce qui avait bien pu arriver à Fay en à peine dix jours ?

« C'est vrai, oui, ça peut être dangereux, dit Fay. Mais la vie est dangereuse. »

Non, mais je rêve ! pensa Myra. « La vie est dangereuse. » Où allait-elle chercher tout ça ?

« Si tu entendais les histoires qu'il raconte. Tu saurais. On vit dans un cocon, ici. C'est ce qu'il dit. Nous ne connaissons pas notre chance.

— Lui si, dit Myra.

— Oh oui, s'exclama Fay. Il sait à quel point il a de la chance ; il n'arrête pas de le dire. »

Myra fut désarmée ; elle baissa les bras. « Tu l'aimes ? demanda-t-elle.

— Oui, répondit Fay. Je crois bien. » Elle sourit. Jusque-là, elle n'avait pas osé se l'avouer et, par ces mots, elle venait de pousser une lourde porte qui dissimulait un grand jardin baigné de soleil où elle pouvait désormais se promener en toute liberté. « Mais n'en parle à personne, dit-elle à Myra. C'est notre secret, promis ? Je te le dis juste à toi parce que tu es ma meilleure amie.

— D'accord », acquiesça Myra.

Ah là là, songea-t-elle, pourvu que ça marche pour cette gosse. Elle n'a pas eu de veine, jusqu'à présent. Faites que celui-là soit un type bien, même s'il est européen. Et elle croisa très fort les doigts de la main que Fay ne pouvait pas voir.

51

Ce matin-là, c'était Lisa qui était nauséeuse car le soir même elle découvrirait si elle avait brillamment réussi ou non l'examen du diplôme de fin d'études. Il lui faudrait endurer toute une journée chez Goode's et plusieurs heures encore – elle irait voir un film – avant qu'il ne soit temps d'aller au *Herald* ou au *Telegraph* en redoutant le pire. Elle avait déjà l'estomac sens dessus dessous.

« Je ne peux rien avaler », dit-elle à sa mère, et pour une fois celle-ci n'insista pas.

Juste après que Mr Miles eut rejoint son poste dans la salle de composition, en fin d'après-midi, un de ses collègues vint le voir.

« Hé, Ed, tu n'as pas une fille qui vient de passer son diplôme de fin d'études ? Ils ont fini de composer les résultats. Va voir. La pauvre doit attendre, inutile de la faire languir plus longtemps. »

Ed Miles était de mauvaise humeur.

« Non, dit-il. Elle peut bien poireauter. C'est elle qui a voulu passer le diplôme. Je lui ai bien dit que c'était une perte de temps, mais sa mère et elle n'ont rien voulu entendre. Je n'ai pas le temps d'aller voir les résultats. J'ai du boulot.

— Allez, dit son collègue. Tu ne vas pas jouer les trouble-fêtes. C'est un grand jour pour elle. C'est quoi, son lycée ? »

Mr Miles l'informa à contrecœur. Cinq minutes plus tard, son collègue revint.

« Hé, Ed, elle s'appelle bien Lesley ? OK. Écoute-moi ça. »

Il avait un bout de papier à la main. Il lut une liste de résultats pour le moins impressionnants, même Mr Miles s'en rendait compte. Il y eut un bref silence durant lequel Mr Miles continua apparemment à travailler comme si de rien n'était. Puis il prit enfin la parole :

« C'est pas trop mal, hein ? dit-il. Merci.

— Enfin merde, Ed, dit son collègue. Cache ta joie ! C'est sensass, oui. Tu devrais fêter ça !

— Eh bien, non, répondit Mr Miles. J'ai du boulot, laisse-moi.

— Merde alors, dit son collègue. Et comment. »

Il repartit et alla voir le reste de l'équipe qu'il fit rire en leur décrivant le flegme avec lequel Ed Miles avait accueilli les résultats brillants de sa fille.

Le rédacteur de nuit arriva alors ; il s'approcha nonchalamment d'Ed Miles. « J'ai appris que votre fille s'est distinguée, dit-il. Félicitations ! C'est une grande nouvelle ! Elle va sans doute aller à l'université à la rentrée ? Vous devez être très fier.

— Oui, enfin bon, je ne sais pas trop, répondit Mr Miles. Pour l'université.

— Sérieusement ! s'exclama le rédacteur de nuit.

Une intelligence pareille, ça ne se gaspille pas. Ça sera une expérience extraordinaire, pour elle. Et dites-lui bien de venir nous voir si elle veut un stage – mention très bien en lettres, elle doit savoir manier la plume. Rien de tel que l'université – les miens y sont tous les deux, ils n'ont jamais été aussi heureux de leur vie. Dites-lui ça de ma part, à son âge, c'est la meilleure chose à faire ! »

Il s'éloigna d'un pas tranquille. Au bout du compte, Mr Miles en eut tellement assez que ses collègues viennent lui serrer la main et le féliciter qu'il finit par céder à leur pression exaspérante et alla téléphoner chez lui. Sa fille était absente, naturellement ; il parla à sa femme.

« Je me suis dit que, tant qu'à faire, autant que je te donne les résultats de Lesley, si ça t'intéresse. Je les ai là. »

Il les lui lut. Elle poussa un cri étouffé puis fondit en larmes.

« C'est le plus beau jour de ma vie, dit-elle. Tu ne pourrais pas rentrer plus tôt ? Elle ne devrait pas tarder.

— Je ne peux pas, non, dit-il. On se voit demain. Faut que j'y aille. »

Il raccrocha.

Lisa avait l'intention d'appeler sa mère, mais il y avait tant d'autres candidats qui faisaient également la queue dans le même but devant les cabines téléphoniques les plus proches qu'elle pensa que ce serait presque aussi rapide de rentrer chez elle. Elle croisa certaines élèves de son lycée et elles sautèrent toutes de joie en poussant des cris pendant un instant, puis s'éloignèrent en direction du centre-ville et de Wynyard Station en se pavanant fièrement, parlant à bâtons rompus de leur avenir qui, le temps qu'elles arrivent à la gare, avait revêtu une dimension extravagante : la vie étudiante avait commencé.

Mrs Miles se précipita à la porte au moment où Lisa entrait.

« Maman ! cria-t-elle, les yeux étincelants.

— Je sais, dit Mrs Miles. Ton père a téléphoné.

— Ça alors, s'exclama Lisa. Qu'est-ce qu'il a dit ?

— Pas grand-chose, dit Mrs Miles. Mais le contraire aurait été étonnant. Il est sous le choc, autrement il n'aurait pas téléphoné. Laisse-le mariner. Tu le verras demain. Ne le bouscule pas. Laisse-lui le temps de digérer. Oh, Lesley. C'est le plus beau jour de ma vie !

— Moi aussi, dit Lisa. Jusqu'ici. »

Et elles rirent, s'étreignirent et se mirent à pleurer, puis elles dansèrent la gigue et Mrs Miles prépara du chocolat chaud, car le lendemain matin, résultats d'examen ou pas, Lisa devait se lever pour aller travailler et ce n'était pas le moment de faire l'impasse sur une bonne nuit de sommeil, n'est-ce pas ?

52

Patty se laissa retomber sur le lit défait et resta là, épuisée. C'était le sixième matin d'affilée qu'elle se réveillait avec la nausée avant d'être obligée de se précipiter dans la salle de bains pour vomir. Par ailleurs, elle avait presque deux semaines de retard. La possibilité qui s'imposait inévitablement à elle, cependant, était si inattendue et tombait à un si mauvais moment, compte tenu des événements récents, qu'il lui était impossible de l'envisager sérieusement. Mais ce serait un tel hasard de la vie que cela arrive précisément maintenant, alors que Frank… oh, Frank. Le voilà, d'ailleurs.

Il se tenait sur le seuil, l'air extrêmement embarrassé. Depuis son retour, il marchait sur des œufs avec une mine circonspecte et terrifiée et, pour sa part, Patty trouvait que c'était très bien ainsi. En ce qui concernait Wonda Tiles, sa défection avait été couverte et il avait repris le travail après une maladie à demi fictive pourvue d'un nom latin impressionnant.

« Tu as de la veine, dit Patty. Un autre médecin t'aurait peut-être laissé assumer les conséquences.

— Je sais, dit Frank. Et je t'en suis reconnaissant, crois-moi.

— En ce cas, montre-le», dit Patty.

Elle n'était pas près d'arrêter de lui serrer la vis, si tant est qu'elle arrête un jour.

«Ça va? lui demanda Frank dans l'embrasure de la porte.

— Non. Je suis mal fichue.»

Et c'était vrai.

«Tu veux un thé?

— Oui, répondit Patty. Je vais le prendre ici. Je n'ai pas envie de me lever. Pas trop fort. Et avec du sucre.»

Elle contempla le plafond. Au bout d'un moment, elle vit Frank arriver avec un plateau à thé et ce spectacle fit presque fondre son cœur sévère. Une chose était sûre, le malheureux faisait des efforts. Il avait sorti un napperon sur lequel étaient posés la théière, un pot à lait et le sucre en morceaux (comment avait-il fait pour le trouver?) dans un sucrier assorti. Il avait même déniché la pince à sucre au fond du tiroir à couverts. C'était un plateau de thé dressé dans la plus pure tradition d'autrefois. Ah là là. Patty se redressa.

«C'est parfait, dit-elle. Je pourrais bien y prendre goût.»

Elle but son thé.

«Quand tu as vu le médecin, demanda Frank, tu lui as dit que tu vomissais le matin?

— Peut-être, dit Patty. Mais c'est entre le médecin et moi.»

En réalité, elle n'en avait pas parlé au médecin, qu'elle n'avait eu aucun mal à convaincre de lui faire un certificat pour un congé maladie en raison de l'épreuve qu'elle venait de traverser si courageusement.

«Bon, mais qu'est-ce qu'il a dit?

— Ça ne te regarde pas, dit Patty.

— Mais enfin, s'exclama Frank qui se leva brusquement et manqua de renverser le plateau. Ça me regarde ! Oui, ça me regarde ! Je suis ton mari, non ? Tu ne m'as pas encore mis à la porte. Je sais que je ne vaux pas grand-chose. Je sais que je ne suis pas malin – enfin, pas très malin. Je n'ai jamais passé d'examens. C'est facile pour toi, tu as grandi dans un vrai foyer. Tu ne sais pas ce que c'est, pour certains d'entre nous. Je fais de mon mieux même si c'est pas le Pérou. Mais je suis sûr d'une chose. Je t'ai dit que je me ferai pardonner et je le ferai, mais je dois savoir ce qui se passe. Tu vomis tous les matins depuis que je suis rentré. Tu es enceinte ? »

Patty était stupéfaite. Elle posa sa tasse. Frank n'avait jamais parlé aussi longtemps ; elle ne pouvait même pas absorber la moitié de ce qu'il avait dit. Et maintenant que le mot avait été prononcé, que l'idée avait réellement pris forme, elle était saisie d'une timidité et d'une pudeur soudaines et, en même temps, d'une immense joie. Car c'était fort possible, même si cela arrivait au pire moment. Et tous ces sentiments mêlés lui rappelaient étrangement la nuit de saturnales qui avait précédé la curieuse escapade de Frank. Subitement, elle se dit que peut-être le monde secret dans lequel ils avaient pénétré n'était pas perdu à jamais, qu'il ne leur était pas caché, interdit. Elle dévisagea Frank et lut dans ses yeux une expression suppliante et désemparée qu'elle ne lui connaissait pas et qu'elle n'avait jamais jusqu'alors éveillée chez lui : elle sentit que lui aussi se souvenait de cette nuit-là, qu'il osait se rappeler, si ce n'est reconnaître ouvertement cet univers d'intimité muette et inimaginable dans lequel ils étaient tombés plus ou moins par mégarde et dont l'étrangeté l'avait tellement terrifié qu'il s'était volatilisé aussitôt après.

Frank s'approcha et se rassit sur le lit.

« Dis-moi, s'il te plaît, l'implora-t-il. Je dois savoir, j'ai le droit de savoir, non ?

— Sans doute, oui, dit Patty. Le fait est que je ne suis pas encore sûre. Peut-être que oui, peut-être que non. Et c'est encore trop tôt pour le dire avec certitude. Si ça continue, j'irai voir le médecin d'ici quelques semaines et là on saura. Je ne peux pas t'en dire plus pour le moment. »

Frank ne dit rien et Patty vit alors qu'il avait les larmes aux yeux. Elle resta silencieuse un instant, puis elle mit la main sur la sienne. « En attendant, ce sera notre secret, d'accord ? dit-elle. Pas un mot à qui que ce soit.

— Ça marche », souffla Frank d'une voix rauque.

Puis il prit sa tasse, la mit sur le plateau et posa celui-ci par terre. Il s'allongea près d'elle, commença à la caresser et une fois encore l'univers secret, muet et inimaginable s'ouvrit béant devant eux.

53

Magda attendait à l'entrée du Vestiaire du Personnel.

« Lisa ! cria-t-elle. J'espère que vous vous appelez aussi Lesley, comme votre mère vous a appelée au téléphone. Ma jeune amie, c'est un très grand jour ! » Et elle l'embrassa avec exubérance sur les deux joues en lui prenant les mains, rayonnante de plaisir : « Votre avenir est aussi radieux que le soleil qui brille dans le ciel ! » s'exclama-t-elle.

Sur ces entrefaites, Fay, qui était en retard, arriva. Elle s'arrêta cependant en entendant ces mots.

« Quoi ? dit-elle. Elle est fiancée ?

— Pfff ! À son âge ? Ne parlez pas de malheur. Non – vous n'avez pas vu les journaux ? Elle a obtenu de magnifiques résultats au diplôme de fin d'études. *Mon Dieu**! Mention très bien, quatre A, un B, il ne faudrait tout de même pas être trop intelligente – Brave petite ! Stefan et moi, nous étions tellement contents – il vous embrasse bien sûr. Nous allons organiser un dîner pour vous tous, les jeunes génies, Michael Foldes a très bien réussi, également, vous avez vu ? Une autre jeune fille que nous connaissons aussi, alors il y aura bientôt une petite célébration, le week-end prochain, j'espère. Nous en parlerons plus en détail plus tard.

— Ça alors, dit Fay. C'est formidable, Lisa. Félicitations, sincèrement ! »

Lisa commençait à être embarrassée car tous les gens qui se trouvaient là venaient joindre leur voix au concert de louanges. « Vous avez eu le diplôme de fin d'études ? Bravo ! »

Elle venait à peine d'arriver aux Robes de Cocktail, lorsque Miss Cartright apparut, suivie peu après de Mr Ryder.

« Le monde vous appartient, lui dit celui-ci. Attention ou vous n'allez en faire qu'une bouchée ! »

Lisa se mit à rire, mais elle appréhendait les retrouvailles imminentes avec son père si intransigeant. Elle était suspendue entre l'euphorie et la terreur, comme dans un rêve, presque.

« Merci, merci, merci », répétait-elle en souriant sans cesse. Tout le monde était si gentil. L'émoi retomba et elle s'empressa de trouver quelque chose à faire pour pouvoir enfin s'effacer.

« Fay vient de me dire que vous avez brillamment réussi vos examens, dit Miss Jacobs d'un ton détaché. C'est vrai ? Eh bien, cela ne m'étonne pas. Et j'imagine que cela ne vous étonne pas non plus. Vous êtes intelligente, je l'ai vu tout de suite. C'est un plaisir de travailler avec vous et je regretterai de vous voir partir. Vous allez aller à l'université, n'est-ce pas, cela va de soi. Une fille intelligente est la plus grande merveille de la création, voyez-vous ; ne l'oubliez jamais. Les gens attendent des hommes qu'ils soient intelligents. Et ils attendent des filles qu'elles soient idiotes ou du moins écervelées, ce qu'elles sont rarement, mais la plupart d'entre elles font semblant de l'être pour leur faire plaisir. Alors, allez-y et soyez aussi brillante que possible; histoire de leur donner une leçon. C'est ce que vous pouvez faire de mieux, vous comme toutes les filles intelligentes, que ce soit ici ou dans le reste du monde. Bon. Et maintenant, nous ferions mieux d'aller vendre quelques robes de cocktail, non? Absolument. »

Après avoir quitté Goode's, Lisa erra un moment dans la ville à moitié déserte. Le soleil de la fin d'après-midi s'étendait comme une bénédiction sur les trottoirs; elle avait toujours l'impression de flotter et s'attardait car elle ne voulait pas rentrer avant que son père se réveille. Alors qu'elle marchait dans George Street, elle se rendit compte qu'une grande barrière avait été franchie dans sa vie, une barrière plus grande encore que toutes celles qu'elle avait récemment surmontées, et elle éprouva un sentiment étrange. Mais depuis quelque temps, ce sentiment étrange était presque devenu banal. Se pouvait-il que désormais l'étrangeté soit de plus en plus appelée à être la normale?

Quand elle entra par la porte de derrière, elle trouva ses parents assis dans la cuisine. Son père se leva.

« Eh bien, Lesley, dit-il. Je crois que ça mérite des félicitations. Au journal, tout le monde te félicite aussi. Le rédacteur de nuit, les autres, je les ai tous sur le dos. Je ne vois pas ce que ça t'apporte, les diplômes, les mentions très bien, l'université, alors que tu es une fille. Mais bon. Félicitations. Beau travail.

— Merci papa, dit Lisa.

— Alors, qu'est-ce que tu comptes faire, maintenant ? demanda son père. C'est à toi de décider. Tu es presque majeure.

— Tu sais ce que je veux faire, rétorqua Lisa. Mais tu as dit que tu ne voulais pas. Du coup, je ne sais pas encore.

— Oh, tu parles de la fac, sans doute, dit son père. Oui, bon. J'y réfléchirai. C'est tout. J'y réfléchirai. On verra si tu obtiens cette bourse – autrement, tu n'iras pas. Je ne paierai pas tes frais d'études. Déjà que je serais obligé de t'entretenir tant que tu y serais. Alors, j'y réfléchirai si tu décroches cette bourse. J'y réfléchirai sérieusement. Ne te réjouis pas trop vite. Mais que je te dise une chose : si je décide que tu peux y aller et que tu y vas, si jamais j'apprends que tu fréquentes ces libertaires qui traînent là-bas, tu quittes cette maison sur-le-champ et je ne veux plus jamais te revoir, c'est bien compris ? Bien. Si tu y vas, je ne veux pas de libertaires, ne serait-ce qu'un seul. »

Lisa croisa enfin les yeux de sa mère. Elles échangèrent en secret un regard brillant. Le téléphone sonna.

« Va décrocher, dit sa mère. Ça doit être Michael Foldes, il a appelé tout à l'heure. »

Lisa revint quelques minutes plus tard.

« Qu'est-ce qu'il voulait ? » demanda son père, l'air soupçonneux.

Mrs Miles servait le déjeuner : du pain, du fromage, des tomates et un pot de pickles, ainsi que du salami qu'elle avait réussi à trouver.

« Oh, rien, répondit très calmement Lisa. Il voulait juste savoir si je faisais quelque chose ce soir.

— Évidemment, dit son père. On va fêter ça, non ? On va se payer un bon resto à King's Cross ou ailleurs.

— Oui, c'est ce que je lui ai dit, expliqua Lisa. Ah oui, et il m'a invitée à une soirée dansante le samedi d'après.

— Une soirée dansante ? répéta sa mère. Où ça ?

— Au Yacht Squadron, répondit Lisa avec un extrême sang-froid. Ce sont les parents de camarades à lui qui l'organisent. C'est pour fêter le diplôme. Si l'un d'eux avait échoué, ils auraient annulé, mais comme ils l'ont tous eu, elle est maintenue. Je peux y aller ?

— Bien sûr, répondit sa mère, stupéfaite. Mais qu'est-ce que tu vas mettre ? »

Elle était légèrement désespérée : une robe pour une occasion de ce genre… eh bien !

« Oh, ne t'en fais pas, dit Lisa. Il y a une robe en solde chez Goode's qui fera parfaitement l'affaire. Je l'achèterai.

— Ben voyons ! dit son père. Et d'abord, c'est qui ce type ? Je le connais ? »

Sa femme et sa fille le rassurèrent. Brusquement, Mr Miles se sentit triste. Lesley avait toujours été là, une gamine, pas le fils qu'il aurait voulu, et voilà que, soudain, elle faisait ses premiers pas dans le monde ; soudain, c'était presque fini et le temps avait filé si vite qu'il ne s'en était presque pas aperçu.

« Profites-en tant que tu es jeune, dit-il. C'est quoi, ça ? »

Il prit une tranche de salami.

« C'est du salami, répondit Mrs Miles. Je l'ai acheté pour Lesley.

— On ne t'arrête plus, Lesley», dit son père.

C'est vrai, se dit-il. Elle commence même à être jolie. Elle se remplume. Une vraie demoiselle. Sacrée journée.

«Du salami, ah oui, dit encore Mr Miles. Ça a un goût de revenez-y. Tiens, je vais en reprendre. C'est très bon. Et c'est fait avec quoi?»

54

Samedi, à l'heure de la fermeture, Fay attendait Rudi devant l'Entrée du Personnel. Il devait faire le tour du pâté de maisons jusqu'à ce qu'ils se retrouvent ; elle surveillait la rue avec anxiété en guettant sa vieille Wolseley. Enfin, il arriva. Elle se précipita au bord du trottoir et sauta dans la voiture quand il lui ouvrit la portière.

« En avant toute ! » lança-t-il. Il avait l'air content de lui, sans être imbuvable pour autant.

« Où va-t-on ? demanda Fay.

— C'est une surprise, cria Rudi. Mange ces sandwichs si tu as faim – on n'a pas le temps de s'arrêter déjeuner.

— Donne-moi un indice, au moins », insista Fay. Elle n'avait pas la moindre idée de ce qui l'attendait.

« Tiens, en voilà un », dit Rudi en tournant à gauche. Ils remontèrent bientôt William Street, puis débouchèrent enfin sur New South Head Road.

« Ah, dit Fay alors qu'ils longeaient les eaux étincelantes de Rushcutter's Bay. Je sais : tu as trouvé un appartement !

— Ouais, dit Rudi. Je crois que j'en ai trouvé un qui pourrait faire l'affaire. J'ai besoin de ton avis d'experte.

— Moi ? dit Fay. Experte ?

— Absolument, dit Rudi. Et maintenant, regarde bien. »

Ils traversèrent le quartier de Double Bay, à côté du port, dont Fay contempla les eaux toujours aussi miroitantes, dépassèrent Point Piper, poursuivirent sur New South Head Road, puis Rudi finit par tourner à droite dans une petite rue.

« Bon », dit Rudi. Ils pénétrèrent dans un immeuble et il monta au troisième et dernier étage. Il sortit une clé, ouvrit une porte et ils entrèrent dans un appartement.

Il n'y avait presque rien à l'intérieur, à l'exception du papier peint et d'une cuisinière à gaz Early Kooka, un des anciens modèles avec la porte du four ornée d'un kookaburra.

« En fait, c'est ça qui m'a décidé, dit Rudi en montrant l'oiseau.

— Oh, on avait exactement la même à la maison ! s'exclama Fay.

— Tiens, dit Rudi, je t'avais bien dit que tu étais une experte ! Viens voir le reste. »

Il y avait un salon d'où l'on apercevait le port, et deux chambres relativement petites. La salle de bains était entièrement recouverte d'un carrelage vert moucheté.

Ils retournèrent dans le salon et regardèrent par la fenêtre.

« Tu vois, dit Rudi. On pourrait regarder les hydravions décoller et atterrir. »

Le cœur de Fay se mit à cogner dans sa poitrine. On?

« Oui, dit-elle. Il est très agréable. »

Elle n'osa pas demander s'il était cher, ni quoi que ce soit d'autre, d'ailleurs.

« Et tellement pratique pour aller au cinéma, le Wintergarden est juste à côté ! ajouta Rudi. Et il y a plein d'autres agréments. Qu'en penses-tu ?

— Je le trouve vraiment très agréable, répondit Fay. Je te l'ai dit. Mais c'est à toi qu'il doit plaire, c'est ton appartement. Qu'est-ce que tu en penses, toi ?

— Oh… ce que j'en pense… écoute : veux-tu m'épouser ?

— Quoi ? » dit Fay.

Elle n'en croyait pas ses oreilles. Quel imbécile, se dit Rudi. Il n'avait pas décidé de lui faire sa demande à ce moment-là : la question lui avait échappé un peu plus tôt que prévu.

« Excuse-moi, dit-il. Je t'ai surprise. Je me suis même surpris moi-même. Je vais commencer, ah, recommencer plutôt, par le commencement. Je t'aime, je t'adore, tu es délicieuse, tu me rends heureux, je veux que nous nous mariions dès que possible si tu veux bien de moi – je t'en prie, réponds-moi, mais réfléchis aussi longtemps que tu voudras : je te donne au moins cinq minutes. Tu préfères que je te laisse seule le temps que tu réfléchisses ?

— Non, inutile, dit Fay. La réponse est oui.

— Dieu merci, dit Rudi. Nous serons riches et nous aurons beaucoup d'enfants, au moins quatre, ça te va ?

— Oui, oui, bien sûr, dit Fay. J'adore les enfants. Et l'argent, c'est toujours pratique.

— Bien, dit Rudi. Et maintenant… »

Et il l'enlaça.

Ils s'étaient déjà embrassés plusieurs fois, mais le fait est qu'ils s'étaient montrés très convenables et circonspects et n'avaient pas même effleuré les limites de la passion débridée. Leurs baisers suggéraient à présent que le temps de la bienséance et de la circonspection était révolu, ce qui était assurément le cas.

Stefan entra dans la salle de bains où Magda se lavait les cheveux.

« C'était Rudi, au téléphone, dit-il.

— Ah oui ? fit Magda.

— Il veut m'emprunter cinquante livres, dit Stefan.

— Pourquoi ? »

Magda était très étonnée.

« Oh, fit Stefan d'un ton désinvolte, il veut acheter une bague en diamant. Ou peut-être en saphir. »

Magda se redressa, les cheveux couverts de mousse.

« Qu'est-ce que tu racontes ? demanda-t-elle. Il se lance dans la bijouterie ?

— Je ne crois pas, dit Stefan, même s'il y viendra peut-être en temps voulu. Non, pour le moment, il souhaite seulement acheter une bague de fiançailles, pour Fay.

— Quoi ? s'écria Magda. Une bague de fiançailles ? Pour Fay ? Mais qu'est-ce qui lui est passé par la tête ?

— Rien, il ne réfléchit pas, dit Stefan. Il agit. Fay et lui sont fiancés.

— C'est ridicule, dit Magda. Attends, je vais me rincer les cheveux. »

Ce qu'elle fit. Puis elle s'enroula une serviette autour de la tête.

« Sers-moi un whisky », dit-elle.

Ils prirent leur verre et allèrent s'installer dans le salon. De fait, il était dix-sept heures passées, l'heure de l'apéritif.

« Je suppose que tu as accepté de lui prêter l'argent, dit Magda.

— Naturellement, dit Stefan. Je ne peux tout de même pas me mettre en travers de son chemin. Fay est une jeune Australienne gentille et saine.

— Exactement, dit Magda. Tout cela est ridicule. Comment veux-tu qu'ils soient heureux ? Ils n'ont rien en commun.

— Comme si c'était indispensable au bonheur conjugal ! répliqua Stefan. Tu parles comme dans les magazines féminins. Le fait est qu'ils sont heureux maintenant. Il n'y a pas d'autre commencement possible. Le milieu et la fin se régleront d'eux-mêmes, comme toujours. Ou pas, c'est selon. »

Magda réfléchit.

« Au moins, il ne s'est pas contenté de batifoler, dit-elle. Il ne lui brise pas le cœur comme je le craignais. Même si ça risque d'arriver plus tard.

— Allons, dit Stefan. Moi, je crois qu'il est trop fier pour faire une chose pareille. Ce sera un mari très consciencieux, tu verras. Ils veulent tous les deux beaucoup d'enfants. Ça les occupera ; ils auront ça en commun. Ça suffira amplement, tu verras. »

Magda réfléchit.

« Oh, sans doute, dit-elle. Et puis zut. Du moment qu'on ne me tient pas pour responsable.

— Toi ? De les avoir présentés, tu veux dire ? Ne sois pas idiote. Ils se débrouillent. On ne peut que leur souhaiter bonne chance. Et prêter cinquante livres à Rudi. Il a trouvé un appartement, au fait – à Rose Bay. C'est pour ça qu'il est à court d'argent – il doit verser une grosse caution.

— Quand doivent-ils se marier ? demanda Magda.

— Rapidement. Juste le temps de tout organiser. À l'état civil, sans doute.

— Eh bien, je leur souhaite bonne chance, dit Magda. De tout mon cœur. Mais c'est tout de même un choc.

— Oui, les amis sont parfois choquants, dit Stefan. C'est une de leurs principales caractéristiques. »

Magda eut soudain une idée de génie.

« On devait inviter les jeunes à dîner samedi prochain pour fêter leurs résultats d'examen. On pourrait en profiter pour fêter les fiançailles en même temps – qu'est-ce que tu en dis ?

— Pourquoi pas, oui, répondit Stefan. Rien de tel qu'un bon dîner animé entre amis. Surtout quand on a eu un choc. On tuera un cochon !

— Et on commandera un gâteau glacé, dit Magda, avec tous leurs noms dessus !

— Et les nôtres aussi, renchérit Stefan.

— Absolument, dit Magda. Les nôtres aussi ! »

55

« Tous mes vœux, dit Miss Cartright.

— Je vous souhaite à tous les deux beaucoup de bonheur », dit Mr Ryder.

Fay souriait d'un air extatique. Elle tendait sa main gauche pour l'inspection de rigueur.

« Ravissant, dit Miss Cartright. Un saphir. Ravissant !

— Très belle pierre, ajouta Mr Ryder.

— Ça alors, dit Miss Jacobs. Un coup de foudre pour un Hongrois. Ça alors ! J'espère que vous serez très heureux. »

Lisa regarda la bague, puis Fay. Tout cela était absolument stupéfiant. Même elle connaissait Rudi depuis plus longtemps que Fay. L'âge adulte était si mystérieux, finalement : elle n'était pas sûre d'être en mesure de comprendre ce qu'il en était réellement. Le fait que Rudi et Fay soient si soudainement fiancés, c'était un événement dont elle n'aurait jamais pu ne serait-ce qu'imaginer les étapes préliminaires. Et attribuer la chose au seul effet de l'amour n'expliquait rien. Mais c'était ainsi et Fay était visiblement au comble du bonheur.

C'était un jeudi, le jour de paie, et l'annonce était parue dans le carnet du jour du quotidien du matin, où Mrs Miles l'avait repérée en prenant son petit déjeuner.

« Fay Baines, dit-elle. Tu n'as pas une collègue qui s'appelle Fay Baines, Lisa ? »

Elle faisait des progrès et l'appelait de plus en plus souvent Lisa à la place de Lesley.

Lisa était si stupéfaite que Rudi et Fay se soient fiancés qu'elle avait oublié d'emporter le contenu de sa tirelire et devrait attendre le lendemain pour prendre livraison de Lisette. Le jeudi soir, elle rentra avec sa paie, sortit sa tirelire et s'assit sur le lit pour compter tout son argent. Elle compta exactement 36 livres et 15 shillings et les glissa dans une enveloppe. Demain, Lisette serait à elle.

Le vendredi matin, Fay l'arrêta dans le Vestiaire du Personnel.

« Ah, Lisa, j'ai quelque chose pour vous de la part de Rudi, dit-elle.

— De la part de Rudi ? demanda la jeune fille, étonnée.

— Oui, il m'a demandé de l'excuser de ne pas vous avoir félicitée plus tôt pour vos résultats, expliqua Fay, mais il a dit qu'il espérait que vous comprendriez et que vous lui pardonneriez étant donné les circonstances. On se voit samedi soir, chez Magda, n'est-ce pas ? Il m'a demandé de vous donner ceci pour fêter vos résultats. »

Elle lui tendit un paquet que Lisa ouvrit aussitôt.

C'était une grande boîte de chocolats de luxe nouée d'un ruban rose. Lisa en eut le souffle coupé.

« Oh, remerciez-le bien, surtout. C'est la première fois qu'on m'offre des chocolats ! Ils sont magnifiques ! Vous en voulez un ?

— Non, c'est gentil, dit Fay. C'est un peu tôt pour moi. »

Elles rirent toutes les deux.

« C'est vraiment très gentil de sa part, dit Lisa. Je ne m'y attendais pas, c'est incroyablement gentil.

— Oui, il est gentil, dit Fay. Incroyablement gentil. Vraiment. Je n'ai jamais rencontré un homme aussi gentil. »

Elle eut un sourire radieux, puis celui-ci se fit plus timide.

« Tant mieux, dit Lisa. Je suis tellement heureuse pour vous deux, vraiment.

— Merci, dit Fay. Bon, on ferait mieux de descendre aux Robes de Cocktail.

— C'est mon avant-dernier jour, dit Lisa.

— Et moi, mon avant-dernier mois », dit Fay.

Elles se mirent à rire.

« La fin d'une époque, dit Lisa.

— C'est vrai oui, dit Fay. Je me demande ce qui est arrivé à Patty Williams.

— Elle est peut-être enceinte, dit Lisa. Vous ne pensez pas ?

— Ah mais oui, c'est possible, dit Fay. Depuis le temps qu'elle attend ça. »

Elle espérait ne pas avoir à attendre aussi longtemps. Pas une seconde elle n'imagina sérieusement que cela puisse être le cas.

Miss Cartright partait une demi-heure plus tôt car elle devait aller chez le dentiste. En sortant, elle vit Mr Ryder.

« Que d'événements, dit-elle. Vous n'êtes pas sans avoir noté que nous perdons la moitié du personnel des Robes de Cocktail, je suppose. Miss Baines nous a donné son mois de préavis – elle ne sera pas restée bien longtemps ! Et j'ai comme le vague sentiment que nous ne reverrons plus beaucoup Mrs Williams. Je ne sais pas pourquoi.

— Ah, que voulez-vous ma chère, dit Mr Ryder, le changement, c'est la loi de la vie.

— Certes, dit Miss Cartright, mais il vaut mieux que j'aille voir le Service du Personnel demain. Il nous faut une vendeuse permanente de plus dans l'immédiat et peut-être une seconde bientôt. »

Mr Ryder observa son territoire. Le commerce ! Quel spectacle merveilleux. Toute la vie humaine est là, songea-t-il. Les gens vont et viennent. Seule constante, Miss Jacobs – cette chère âme. Par quel miracle, on se le demande – mais c'est ainsi.

À dix-sept heures trente, il était d'humeur on ne peut plus philosophe ; il s'apprêta à partir et descendit lentement l'escalier de secours. Quelques retardataires passèrent en se dépêchant devant lui ; le bâtiment était quasiment vide à présent et, dans une minute, il serait fermé, verrouillé et cadenassé pour la nuit. Ce soir, il emprunterait Elizabeth Street ; c'était une rue plus paisible. Alors qu'il approchait de King Street, il remarqua au loin une fine silhouette familière. Ah, se dit-il, voici la jeune Lisa. Elle avait tellement grandi durant les six ou sept semaines où elle avait travaillé chez eux : ce n'était qu'une enfant, maigre et fluette, et c'était désormais une svelte demoiselle bardée de mentions académiques. Il la regarda marcher devant, très posée, très digne. Elle portait un de ces grands cartons à robe que l'on utilisait aux Modèles Haute Couture, bleu marine avec une discrète étiquette jaune pile au milieu du couvercle. Ah là là, se dit-il, elles apprennent vite, les jeunes demoiselles. Cinq minutes sous les ordres de Magda et elles achètent des Modèles Haute Couture. Chapeau bas. Toute sa paie a dû y passer. Il va falloir renflouer les caisses ! Sous l'autre bras, une boîte plus petite nouée d'un ruban rose. Des chocolats. On voit mal ce que cela pourrait être d'autre. Eh bien. Une jeune fille. Une nouvelle robe. Une boîte de chocolats. Tout est dans l'ordre des choses !

Madeleine et moi

Bruce Beresford

C'est en 1960 que j'entrai à la Sydney University où je fus un étudiant médiocre. M'étant mis en quête des plus jolies filles, je rejoignis la troupe des Sydney University Players, où je fus un acteur plus médiocre encore, aisément surpassé par les stars de l'époque – parmi lesquelles John Bell, John Gaden, Germaine Greer, Arthur Dignam, Clive James et Robert Hughes.

Madeleine St John (qu'elle prononçait « Synjin », bien que j'aie cru comprendre que sa famille préférait la prononciation standard de « Saint John ») était souvent dans les coulisses, où elle donnait un coup de main pour les costumes et les accessoires. Ce n'était certes pas une des plus belles filles de l'université, mais elle n'en avait pas moins de l'allure. Toute petite, les cheveux roux cuivré, elle me faisait toujours penser à un moineau avec ses mouvements vifs, son nez en bec d'oiseau, son regard pénétrant. Son physique singulier l'empêchait de jouer autre chose que de petits rôles secondaires, bien qu'on lui ait donné, de façon trompeuse, à mon avis, le rôle de Lola Montez dans une revue intitulée *Dead Centre*, où elle chantait et dansait sur scène, vêtue de crêpe rouge.

Je ne me souviens que de deux ou trois conversations avec elle – à moitié oubliées aujourd'hui (cela remonte à quarante-huit ans !) –, dont l'une où elle exprimait une passion pour les poèmes de Thomas Hardy. Je me rappelle distinctement avoir été si impressionné par l'ampleur de sa culture – « C'est vrai que tu ne connais pas l'œuvre de Gwen Raverat et Djuna Barnes ? » –, son franc-parler et son humour que, pour éviter que mon amour-propre ne s'effondre, j'optai pour l'évitement.

Ce qui la distinguait de presque tous nos contemporains, c'est qu'elle avait un père célèbre, Edward St John, qui était avocat et membre du Parti libéral, même si elle faisait clairement comprendre que le sujet était tabou dès qu'il était question de celui-ci ou de sa famille.

Je partis m'installer en Angleterre en 1963 et, pendant trente ans, je perdis Madeleine de vue. Après bien des efforts, je finis peu à peu par être reconnu en tant que réalisateur de cinéma. Un jour, en 1993, je déjeunais avec Clive James, devenu un critique et poète de renommée internationale, et il mentionna qu'un roman qu'il venait de lire, *The Women in Black*, avait été écrit par notre ancienne camarade d'université, Madeleine St John, et que c'était un chef-d'œuvre comique. Je l'achetai aussitôt, partageai l'avis de Clive et appelai l'éditeur pour obtenir le numéro de Madeleine.

Au téléphone, elle se montra chaleureuse et enjouée, me dit qu'elle avait vu un certain nombre de mes films au fil des années et qu'elle était ravie que je veuille adapter son roman au cinéma.

Quelques jours plus tard, j'allai la voir. Elle vivait à Notting Hill, dans un grand appartement, au dernier étage d'un immeuble de logements sociaux. Le quartier, longtemps laissé à l'abandon, s'était embourgeoisé. Quelques années auparavant, Madeleine avait dû remplir les conditions requises pour l'obtention d'une aide au logement et rien n'indiquait que sa situation financière s'était améliorée. Le mobilier était rudimentaire et les éléments les plus marquants étaient un chat blanc féroce qui crachait et donnait des coups de griffes dès qu'il estimait que je m'approchais trop près de sa maîtresse.

Elle paraissait avoir encore rapetissé, l'aura flamboyante de ses cheveux était maintenue sous assistance artificielle, et elle était reliée quasi en permanence à une bouteille d'oxygène par un long tube – en raison d'un emphysème. Elle n'avait pas perdu son mordant et, lorsque je lui demandai s'il était raisonnable de fumer autant dans son état, elle m'envoya sèchement balader. Elle parla longuement de littérature, de musique classique et de jazz. Elle avait des opinions toujours aussi précises et tranchées. Elle écarta allègrement les romanciers contemporains qui n'étaient à ses yeux qu'une bande de parvenus. Mitsuko Uchida, soutenait-elle, était le meilleur pianiste classique et Art Tatum le meilleur pianiste de jazz. J'eus beaucoup plus de mal à lui soutirer des informations personnelles, mais j'appris tout de même qu'elle avait épousé en 1965 Chris Tillam, un de nos camarades d'université de Sydney. Ils avaient vécu quelques années à San

Francisco, où il avait suivi des études de cinéma. Une fois son cursus achevé, ils décidèrent d'aller s'installer à Londres. Madeleine partit en premier, mais « il n'arriva jamais ». Elle ne fit aucun autre commentaire, j'en conclus donc qu'il avait dû rencontrer une autre femme – et ce fut la fin de leur mariage.

Elle refusa de parler de sa famille australienne comme du temps de l'université, se contentant de mentionner qu'elle avait été « maltraitée ». Pour avoir rencontré par la suite deux membres charmants de sa famille en Australie, je pense qu'en réalité, Madeleine ne s'était jamais remise du suicide de sa mère, alors qu'elle n'était encore qu'une jeune adolescente, et s'était inventé toute une galerie de méchants qui avaient accepté le remariage de son père.

À la fin des années soixante, après l'abandon supposé de son mari, elle vécut à Londres dans différents appartements, qu'elle partageait avec d'anciens camarades d'université australiens. Au grand étonnement de certains d'entre eux, elle tomba sous l'influence d'un mystique indien passablement louche du nom de Swami Ji et, pendant quelques années, elle s'habilla à l'indienne et prit un nom indien.

Elle gagnait sa vie en travaillant ici et là, essentiellement dans des librairies et chez un antiquaire du West End, bien qu'elle ait tenté à un moment d'évoluer en présentant sa candidature, sans succès, au poste de secrétaire du critique de théâtre Kenneth Tynan. Ce n'est qu'en 1991 que Madeleine décida d'écrire elle-même un livre, persuadée qu'elle pouvait faire aussi bien sinon mieux que beaucoup d'auteurs qu'elle vendait. Lorsque *The Women in Black* parut, en 1993, elle avait cinquante-deux ans. C'est le seul de ses romans à se dérouler en Australie. Il est difficile de ne pas voir Madeleine dans l'héroïne sensible et intelligente Lesley Miles, bien que le milieu de la petite-bourgeoisie qu'elle décrit avec tendresse et un grand sens de l'observation ne soit pas le sien, car elle avait grandi à Castelrag, une ville de banlieue huppée située dans le secteur de North Shore, au nord de Sydney. Il est probable qu'elle s'est approprié la famille d'une de ses amies de l'université, Colleen Olliffe, qui habitait dans une banlieue plus modeste. Le père de Colleen, comme Mr Miles, travaillait dans l'imprimerie, mais il n'avait pas la personnalité passablement austère du père de Madeleine.

Le livre se déroule clairement dans une version romancée du David Jones, le grand magasin d'Elizabeth Street, à Sydney. Les rapports entre les vendeuses (vêtues de noir en 1960, à l'époque où se situe le roman, tout comme elles le sont de nos jours) sont si convaincants, si bien étudiés, que je pensais que Madeleine avait dû y travailler un été quand elle était étudiante, mais elle m'assura que non – « même si j'allais souvent y faire des achats avec ma mère », me dit-elle.

Ses romans suivants, *A Pure Clear Light*, *Rupture et conséquences* (sélectionné pour le Booker Prize) et *Stairway to Paradise* sont également brillants – bien qu'aucun n'ait la verve et la gaieté de *The Women in Black* – et font d'elle une auteur majeure. Si la palette est réduite, l'observation et les dialogues sont incisifs, touchants et souvent très drôles. Madeleine était une styliste méticuleuse qui avait pour modèle Jane Austen et elle créa ou recréa tout un pan de la société londonienne de la fin du XXe siècle à la façon du monde du XIXe siècle dépeint par Austen.

Je suis toujours étonné de la fidélité avec laquelle Madeleine a su saisir les usages et les mœurs des Anglais de la bourgeoisie, car je ne crois pas qu'elle en ait beaucoup fréquenté. J'imagine qu'au fil des années qu'elle a passées à travailler dans des librairies, elle a été amenée à en connaître, et qu'à partir de là son génie interprétatif a pris la relève.

Si le cercle de relations de Madeleine était relativement restreint, elle avait un groupe d'amis dévoués qui supportaient visiblement ses sautes d'humeur, ses exigences et, d'une manière générale, sa causticité. Peut-être le fervent christianisme qu'elle s'était découvert peu de temps après avoir décidé de se dispenser de Swami Ji lui donnait-il une morale si stricte qu'elle était souvent déçue par les autres. À un moment ou un autre, la plupart de ses amis et de ses proches se trouvèrent rejetés.

Quelques-uns retrouvèrent ses faveurs mais beaucoup d'entre eux, et particulièrement les membres de sa famille, furent à jamais relégués aux oubliettes. Les agents et les éditeurs étaient presque des saints, à voir la façon dont ils faisaient face aux colères de Madeleine et à sa minutie obsessionnelle. Elle avait conscience qu'une des grandes forces de son écriture était l'accumulation de petits détails. Elle se mit dans une telle fureur au sujet de broutilles dans la traduction française d'un de ses livres qu'elle stipula dans son testament, façon kamikaze, que ses romans ne seraient plus traduits dans aucune langue.

C'est avec une terrible appréhension que je lui

envoyai le scénario de *The Women in Black*, que j'avais coécrit avec Sue Milliken. À mon grand étonnement, pour ne pas dire ma stupéfaction, elle se contenta de dire qu'elle avait hâte de voir le film. Peut-être estimait-elle que si j'avais réussi les portraits intimistes des personnages de *Miss Daisy et son chauffeur* et de *Tendre bonheur*, je pouvais en faire de même avec son roman. Cela ne lui a sans doute pas été facile, mais elle garda ses réserves pour elle, et je suis convaincu qu'elles étaient innombrables.

Contrairement à beaucoup des amis et des collègues de Madeleine, il est probable que si je n'ai pas été banni en Sibérie, c'est que je n'étais que rarement à Londres, que je représentais un lien avec l'époque de l'université (elle aimait parler de nos contemporains) et partageais son intérêt pour la musique. Nous étions même allés au Royal Albert Hall écouter Mitsuko Uchida jouer les concertos pour piano de Schumann.

Je parvins tant bien que mal à lui faire descendre les quatre étages de Notting Hill pour l'installer dans un taxi puis dans une loge proche de la scène, le tout avec une grosse bouteille d'oxygène. Une autre fois, je m'arrangeai pour l'emmener dîner à l'Ivy, afin de lui présenter Whit Stillman, un metteur en scène américain qu'elle admirait, qui avait écrit et réalisé trois films pleins d'esprit centrés sur les personnages, *Les Derniers Jours du disco*, *Metropolitan* et *Barcelona*, qui traitaient de la classe moyenne américaine. Whit, qui était un beau jeune homme, se montra poli, mais il était visiblement déconcerté par ce petit bout de femme avec ses cheveux teints en roux, sa bouteille d'oxygène et ses opinions catégoriques.

Je lui présentai également mon fils Adam, qui était alors étudiant en lettres classiques à Balliol, et, au bout d'un moment, je finis par me lasser de les entendre débattre interminablement de la théorie d'Adam sur l'identité du mystérieux Mr W.H. auquel Shakespeare avait dédié ses sonnets. Madeleine lui assurait qu'il ne savait pas de quoi il parlait.

Madeleine avait toujours le don de me surprendre. Ainsi, son enthousiasme incroyable pour la série *Buffy contre les vampires* ne lui ressemblait absolument pas. J'avais trouvé quelques épisodes en DVD et ne comprenais pas en quoi ces inepties pouvaient l'intéresser ; aujourd'hui encore cela m'échappe. Cela étant, j'ai tous les disques de Willie Nelson, ce que mes amis jugent totalement incompatible avec ma passion pour l'opéra.

Lors d'une de mes visites à Londres, un an environ avant sa mort, cela ne répondait pas chez elle et je craignis le pire. Grâce à Sarah Lutyens, son ancien agent littéraire, je la retrouvai dans un hôpital de Kings Road. Elle était dans une aile publique étonnamment élégante avec une télévision accrochée au-dessus de son lit et de multiples tubes qui la reliaient à toutes sortes de machines de science-fiction. Il n'était pas dans ses habitudes de se plaindre de son état de santé peu enviable et elle était enjouée. Elle était ravie de rencontrer les autres patients et les infirmières et de les écouter raconter leur vie. Elle m'indiqua sa numération globulaire.

« C'est bien ? lui demandai-je.

— Mon médecin dit que pour moi c'est très bien, répondit-elle. N'importe qui d'autre serait mort. »

C'est la dernière fois que je l'ai vue. Nous nous sommes parlé au téléphone quelquefois, puis, en juin 2006, j'ai reçu un mail m'annonçant qu'elle était morte. Elle devait être amèrement déçue que j'aie mis en scène un certain nombre de scénarios et pas *The Women in Black*, mais elle feignait l'indifférence. Elle minimisait également les éloges que lui avait valus *Rupture et conséquences*, bien que cela ait sans doute beaucoup compté pour elle.

Sur son bureau, il y avait une centaine de pages d'un nouveau roman – certaines dactylographiées, mais la plupart manuscrites et non numérotées. Avec l'aide de Sarah Lutyens, les pages ont été remises dans leur ordre probable. On y retrouve, comme souvent chez Madeleine, de nombreuses scènes touchantes et pleines d'esprit, mais le manuscrit est trop fragmentaire pour être publié.

Son testament laissait ses modestes biens et les droits d'auteur à venir de ses livres à une association caritative. Elle me nommait exécuteur testamentaire de son œuvre et me léguait par ailleurs un dessin charmant signé de Bernard Hesling, qui représentait le conservatoire de musique de Sydney. Divers amis se partageaient la collection de livres.

Le chat irascible n'était pas un problème car il l'avait précédée dans la mort.

Madeleine St John

Christopher Potter

Madeleine St John a écrit quatre romans durant sa brève carrière d'écrivain. Elle avait cinquante-deux ans quand le premier, *The Women in Black*, est paru en 1993. Les trois autres se sont succédé peu après et forment une sorte de vague trilogie qui se déroule dans le Londres contemporain ; en particulier à Notting Hill, où elle a passé la majeure partie de sa vie adulte. *Rupture et conséquences*, publié au Royaume-Uni en 1997, a été sélectionné pour le Booker Prize. Elle a également laissé un manuscrit inachevé.

La langue et le questionnement de la foi sont les deux pôles de l'univers créé par Madeleine St John et peut-être également de son univers personnel. Dans sa dernière lettre adressée au père Alex Hill, son cher pasteur, elle écrivait : « Si je suis parvenue à être une chrétienne, si tant est que je l'aie été, c'est grâce au merveilleux *Book of Common Prayer.* » Sous le vernis espiègle et spirituel de son écriture, elle explore des questions qui sont essentiellement d'ordre théologique : nous devons bien agir, mais comment savoir ce qui est bien ? Cette question est au cœur de tous ses romans.

En 2002, Madeleine St John avait préparé des instructions strictes pour ses obsèques. Au cours des dix dernières années de sa vie, si ce n'est plus, elle avait été très malade. L'emphysème l'obligeait à vivre quasiment recluse, bien que cela ne l'ait pas empêchée de fumer – sa boîte de Golden Virginia était souvent posée à côté de son inhalateur et, plus tard, de sa bouteille d'oxygène. Cette réclusion était accentuée par le fait qu'elle habitait depuis vingt ans au dernier étage d'une maison appartenant au Notting Hill Housing Trust. Elle se définissait comme une Housing Trustafarian – en référence à ces pseudo-hippies issus de la jeunesse dorée qui vivent de la rente familiale, surnommés les Trustafarians, à la différence près qu'elle vivait, quant à elle, aux crochets de la fondation.

Elle disait être recluse *de facto* par manque d'argent – elle ne se plaignait jamais de son sort, cependant –, mais elle était en partie responsable de son isolement. St John pouvait être d'une compagnie très agréable, mais elle avait l'habitude de reléguer aux oubliettes tous ceux qui se rapprochaient d'un peu trop près, pour des raisons qui échappaient totalement à ces derniers. Elle pouvait aussi facilement renouer avec des amis, pour des raisons tout aussi mystérieuses. Elle obéissait à une morale rigoureuse, dont les principes étaient connus d'elle seule.

Les instructions strictes qu'elle avait données pour ses obsèques furent exécutées par le père Alex de façon aussi ingénieuse que subversive. Il n'était pas censé évoquer sa vie privée, mais réussit à contourner la chose en parlant d'elle avant que l'office ne commence, une ruse maligne et spirituelle que Madeleine aurait certainement appréciée.

St John se caractérisait par la volonté de tout contrôler et le désir d'anonymat. À sa mort, on s'aperçut que son appartement, qui avait toujours été spartiate, était encore plus dépouillé. Un carnet d'adresses, visiblement neuf, ne contenait les numéros de téléphone que d'une poignée de gens.

Sa sœur Collette, avec qui elle avait coupé les ponts, a écrit que l'écriture de St John était le fruit d'une existence faite de « beaucoup de douleur et de souffrance ». Elle est née en 1941 à Castlecrag, une ville huppée de la banlieue de Sydney. Son père, Edward St John, était fils d'un chanoine de l'Église anglicane et descendant d'une longue lignée de St John illustres, parmi lesquels Ambrose St John, qui se convertit au catholicisme et était un ami proche du cardinal John Henry Newman, et Oliver St John qui contesta la légalité de la dénommée *Ship Money*, la taxe sur les navires réintroduite par Charles Ier.

Edward St John combattait les injustices. En sa qualité d'avocat émérite et député renégat du Parti libéral, il prit position contre l'apartheid et l'arme nucléaire. Il discrédita presque à lui seul le Premier ministre australien John Gorton, en dénonçant devant la Chambre des communes sa vie privée mouvementée ; celui-ci devait par la suite démissionner. Edward avait la réputation d'être un père froid et distant, bien que Madeleine ait elle-même admis qu'il lui avait beaucoup donné et particulièrement transmis son amour de la littérature. Mais leurs relations s'étaient détériorées.

Le fossé s'élargit peu à peu et ils finirent par couper définitivement les ponts. Edward St John mourut en 1994.

Sylvette, la mère adorée de Madeleine, était née à Paris. Ses parents étaient des juifs roumains – Jean et Feiga Cargher – qui étaient arrivés à Paris en 1915 et avaient fui en Australie en 1934. Sylvette et Edward furent heureux quelques années, puis leur couple se dégrada. Sylvette était dépressive et se suicida en 1954 alors que Madeleine avait douze ans.

Sur les ordres de leur père, Madeleine et sa petite sœur avaient été envoyées dans une école privée que Madeleine comparait à Lowood, le pensionnat de Jane Eyre. C'est là que la nouvelle de la mort de Sylvette leur fut annoncée par la directrice, qui leur déclara qu'elles ne devaient plus jamais parler de leur mère. Madeleine ne raconta jamais publiquement cet épisode de sa vie, se contentant de dire que la mort de sa mère avait « évidemment tout changé ». Edward St John se remaria. Il eut trois fils de son second mariage.

Madeleine fit des études de lettres à l'université de Sydney et obtint son diplôme en 1963, l'année, à en croire le poète et romancier Philip Larkin, où on commença à avoir des rapports sexuels. À Sydney, 1963 fut l'année où parut pour la première fois le magazine satirique *Oz*. Son rédacteur en chef, Richard Walsh, était un de ses contemporains à l'université. Coïncidence ou pas, Edward St John devait le défendre au premier procès pour obscénité intenté contre le magazine en 1964.

Parmi ses camarades d'université de cette année remarquable figuraient notamment Germaine Greer,

Clive James, le réalisateur Bruce Beresford, le poète Les Murray, l'historien Robert Hughes et John Bell, le plus grand acteur shakespearien d'Australie. C'est au club de théâtre de l'université que Beresford fit la connaissance de St John (qui fit de lui son exécuteur testamentaire). « Je me rappelle avoir été frappé par ses reparties et ses observations sur nos partenaires », disait-il.

Lorsqu'elle interpréta le rôle de la courtisane Lola Montez armée de sa cravache, *Honi soit*, le journal étudiant, la qualifia de « boule d'énergie désopilante », une description qui ne pouvait que surprendre tous ceux qui la connurent à la fin de sa vie, mais, comme un de ses amis d'autrefois a fait récemment observer : « Si vous l'aviez vue quand elle était jeune. »

Bien qu'elle soit aussi spirituelle que brillante – Richard Walsh se rappelle que c'était la première personne qu'il ait jamais rencontrée à avoir lu Proust –, Madeleine n'avait que peu d'amis à l'université. Elle déclara plus tard qu'elle avait alors « l'idée passablement risible que l'université était un lieu où l'on se contentait de vouer un culte à la vérité et de s'efforcer de la comprendre ». Elle se démarquait de cette société libertaire par le fait qu'elle était une fervente pratiquante – une habitude qu'elle conserva toute sa vie – et qu'elle avait un père célèbre.

Peu après avoir obtenu son diplôme, St John épousa un camarade d'université, Christopher Tillam, qui devint réalisateur. Ils vécurent brièvement en Californie, puis elle partit en Angleterre où son mari devait la rejoindre. Il ne vint jamais et ils divorcèrent. St John ne se remaria jamais.

St John, qui portait un regard extérieur sur l'Angleterre, était fascinée par les Anglais. Elle disait que l'Angleterre était « tout ce que l'on espérait et elle l'est toujours ».

« J'ai grandi dans l'idée que l'Angleterre était le pays d'où je venais, que c'était foncièrement là qu'était ma place. L'Australie était une déviation de l'essence. »

Bien qu'elle n'ait jamais été très fortunée, les années pré-thatchériennes lui convenaient parfaitement.

« J'ai occupé une série de petits emplois dans des librairies et des bureaux. Le travail, ce n'était pas ce qui manquait si on s'ennuyait. »

Mais le travail finit par se tarir – à part deux jours par semaine chez un antiquaire de Church Street, à Kensington – et St John s'aperçut que son CV était « un véritable cauchemar ». Elle passa les huit années suivantes à écrire une biographie de Mme Blavatsky, manuscrit qu'en définitive elle détruisit.

Elle ne rencontra pas les mêmes difficultés pour son premier roman. Elle l'écrivit à la main en six mois. *The Women in Black* est une comédie de mœurs d'une justesse parfaite qui se déroule au rayon des robes de cocktail de F.G. Goode's, un grand magasin de Sydney, dans les années cinquante. St John avait beau prétendre qu'elle était incapable d'écrire quoi que ce soit d'autobiographique qui « tienne la route », il est difficile de ne pas la reconnaître en partie dans le personnage de Lesley Miles, la fille intelligente (« Une fille intelligente est la plus grande merveille de la création », disait Miss Jacobs) qui espère aller à l'université et décide de changer de prénom pour s'appeler Lisa.

A Pure Clear Light suivit en 1996 puis *A Stairway to*

Paradise en 1999. Mais son troisième roman, *Rupture et conséquences*, est sans doute son chef-d'œuvre : « Un chapitre de plus, comme le souligne un des personnages, dans la saga effroyable et fréquemment hilarante cependant des insulaires qui avait donné à la planète sa langue commune et presque tous ses sports. »

Christopher POTTER, 2006

Découvrez le premier chapitre
du nouveau roman
de Madeleine St John

MADELEINE ST JOHN

Rupture et conséquences

ROMAN TRADUIT DE L'ANGLAIS PAR ANOUK NEUHOFF

ALBIN MICHEL

Titre original :

THE ESSENCE OF THE THING

1

Nicola était encore sur le seuil quand Jonathan commença à parler : elle n'avait même pas eu le temps d'enlever son manteau. C'était un soir de printemps plutôt froid : on avait encore besoin d'un manteau quand on sortait après la nuit tombée.

Elle était là sur le seuil du salon, les mains dans les poches, serrant fermement le paquet de cigarettes qu'elle était sortie acheter au milieu de la petite monnaie et des clés ; elle n'avait même pas eu le temps de poser tout ça sur la table, ni d'enlever son manteau, ni de s'asseoir, car Jonathan l'avait appelée dès qu'elle avait refermé la porte d'entrée derrière elle.

« Nicola ? »

Sur un ton qui lui avait paru bizarre. Trop sec, trop pressant. Elle était restée là, perplexe, sur le pas de la porte, les doigts soudain crispés autour des cigarettes, des clés, de la petite monnaie : « Qu'est-ce qu'il y a ? » avait-elle demandé. *Quelque chose ne va pas ?*

Jonathan était assis au bout du canapé ; il tourna la tête juste assez pour permettre à son regard de croiser le sien. Il la regarda un moment puis reprit la parole.

« Viens par ici, j'ai à te parler. »

Qu'était-il en train de dire ? Nicola était paralysée par la peur, une peur qui, à doses plus faibles, lui était devenue presque familière ces derniers mois : avec cette invitation ridicule, *Viens par ici* (où aurait-elle pu aller d'autre ?), cette annonce de mauvais augure, *J'ai à te parler,* elle sentit qu'un processus réellement effrayant venait de s'enclencher. Elle le sentit, sans le comprendre tout à fait. Elle resta plantée là, abasourdie, sur le pas de la porte.

« Qu'est-ce qu'il y a ? répéta-t-elle. Qu'est-ce qui ne va pas ? »

Qu'est-ce qui ne va pas est une de ces phrases qui ont la sonorité de ce qu'elles signifient, non par leur caractère onomatopéique, mais en raison de correspondances plus subtiles : la même chose est vraie, à un moindre degré, du mot *bien.* Il y a *ce qui va bien* et il y a *ce qui ne va pas,* il y a ce qui est bien et il y a ce qui est mal : on sait dès la naissance que les deux notions coexistent et qu'elles doivent en partie leur qualité irrévocable à leur formulation. Ce camp est le bon, disait le guerrier, et celui-là le mauvais. Choisir le mauvais camp, c'est être relégué dans un désert de glace et de ténèbres qui est l'*ultima Thule* de la dévastation. On risque de ne jamais en revenir.

« Quelque chose ne va pas ? » Elle avait conscience en prononçant cette phrase que quelque chose, en effet, *n'allait pas.* La pièce était envahie de glace et de ténèbres.

Jonathan haussa très légèrement les épaules avant de se lever avec impatience. Il appuya un bras contre le manteau de cheminée ; s'il y avait eu un feu, il l'aurait sûrement tisonné. En l'occurrence, il contempla sans les voir les objets disposés là et déplaça un caniche en porcelaine. Puis il la regarda à nouveau. « Il n'y a pas de manière délicate de dire ça. J'ai décidé… enfin, j'en suis arrivé à la conclusion… que nous devons nous séparer. »

La glace et les ténèbres prirent possession d'elle : ses entrailles gelèrent.

« Je crois que je vais m'asseoir », dit-elle.

Ses entrailles étaient gelées, mais ses chevilles liquéfiées. Elle rejoignit le canapé d'un pas chancelant, serrant son manteau autour d'elle. Ses mains étaient toujours dans ses poches, tenant toujours les cigarettes, au milieu de la petite monnaie et des clés. Elle n'osait pas le regarder, pourtant elle savait qu'elle devait le faire. Parfaitement calme, le visage de Jonathan était un masque d'assurance tranquille.

Comme, au fond d'elle-même, Nicola se refusait à croire que cette conversation avait lieu, elle ne jugeait pas impossible de la développer. C'était une blague, le genre de blague qui pouvait avoir cours dans un rêve, dans cette réalité parallèle où il n'y avait ni bien ni mal. Tout va bien, se surprit-elle à penser. Il s'agit simplement d'une blague que je n'ai pas encore saisie.

« Je crois que je ne comprends pas. Tu pourrais répéter ce que tu as dit ? »

Le Livre de Poche s'engage pour l'environnement en réduisant l'empreinte carbone de ses livres. Celle de cet exemplaire est de :
450 g éq. CO_2
Rendez-vous sur www.livredepoche-durable.fr

Composition réalisée par Soft Office

Achevé d'imprimer en septembre 2021 en Espagne par
LIBERDUPLEX
Dépôt légal 1re publication : octobre 2021
LIBRAIRIE GÉNÉRALE FRANÇAISE
21, rue du Montparnasse – 75298 Paris Cedex 06

41/6052/6